勸誘之邦

IN PERSUASION NATION

喬治·桑德斯 著
George Saunders

宋瑛堂 譯

再次獻給Paula，永遠

I.

敵人將首先挖我國工商界牆腳，針對有益於進一步促進繁榮之創新措施，一律連番反對，以此顛覆人民自由。敵方固守成規的古道唯有愈走愈窄、走投無路一途。最後，我們必須憐憫敵方：我方朝喜悅與希望邁進，敵方卻望塵莫及，受困於恐懼泥淖中。

——伯納．艾爾敦，別名艾德《新國家任務集[1]》

第一章：新人種，嶄新的高成長社群

[1] 譯註：虛構作者，虛構作品。桑德斯藉每篇開頭的《新國家任務集》點破極權政府心態是洗腦民眾，抹黑敵手。桑德斯這些短篇故事的表面是嘲諷物質主義，更深層廣義的是暗批政府統治人民的手法。

娃娃說™

茹絲・范尼里亞
14623 紐約州羅徹斯特市
勒斯特巷 210 號

親愛的范尼里亞夫人：

非常遺憾收到您二月二十三日來信並退回**娃娃說**™，我們至爲失望。在童愛公司，我們相信**娃娃說**™是一種創新而不可或缺的教育器材，若父母能妥善指導，必能爲嬰幼兒提供少有的早期智能發展機會。所以，我想撥出個人時間（我正在吃午餐）來試著回應您信裡的疑問。您的信正擺在我（亂七八糟！）的辦公桌前面。

首先，且讓我大膽猜測，可能是，您的失望有部分源自您個人也許不太合理的期望吧？因爲，我讀到，您在信裡指出，您以爲本產品能解讀您家寶寶的心聲？范尼里亞夫人，本產品是無法解讀寶寶的心聲的。沒人能解讀寶寶的心聲。至少目前還不能。只不過，本公司極可能正在研發中！**娃娃說**™能辦到的是辨識幾種熟悉的聽覺模式並加以回應，好讓寶寶顯得超齡。比方說，寶寶看見一個桃子。如果您或范尼里亞先生（瞎猜的，希望沒猜錯）大聲說：「好好吃的桃子啊！」之類的，**娃娃說**™透過頸部旁邊的小孔聽見後，可能會回應：「我喜歡桃子，」或「我要桃子」之類的言語。或者，假如您選購**娃娃說**™2000款（您選購的是1900款，也還好，完全適合多數寶寶），**娃娃說**™也許甚至能回應：「水果……不是主要食物類別中的一大類嗎？」之類的言語。

對於六個月大的嬰兒來說，您認爲，這樣不是相當好了嗎？照**保固客服卡**顯示，貴公子德瑞克．范尼里亞目前是這個年齡，沒錯吧？

但我在此必須重申：講話者其實不是德瑞克。德瑞克其實不懂桃子是一種水果，也不懂水果是食物的一大類。然而，由於**娃娃說**™戴在德瑞克臉上，容易產生德瑞克知識豐富的假象，大人見兩片**擬唇**™動呀動，誤以爲是德瑞克在講話。本產品就這麼單純，不具備其他功能。

此外，范尼里亞夫人，在您信中，您表示**娃娃說**™「面具」（您個人的用語）「講話時會有煩躁的表情，不像眞正的寶寶在講話，比較像是神經質的中年婦女。」嗯，您說的或許有道理，但是，恕我直言（用溫馨的語氣），不然您自己發明看看！看能不能把乳膠臉皮做成活生生的娃娃臉，會講會動，而且栩栩如生！本產品內建五千餘條不同電路與三百九十個活動零組件。看起來像中年婦女？恕我們無法贊同。我們不認為煩躁的中年婦女是1.大光頭，2.臉頰胖嘟嘟，3.臉皮有細緻的毛髮。范尼里亞夫人，**娃娃說**™1900款絕對是嬰兒臉。本公司綜合兩千五百多張不同嬰兒的相片，透過電腦匯集成您與其他消費者購買的這張臉，定名為**男匯整**37，暱稱「小羅傑」。您不滿意的或許是因為小羅傑的臉不是德瑞克的臉吧？老實說，范尼里亞夫人，本公司許多顧客，包括您在內，發現寶寶使用**娃娃說**™時，長相變了一個模樣，因此心慌。我們聽了覺得好錯愕。我們常在想，顧客沒看見包裝盒的正面嗎？擺在架子上的**娃娃說**™1900款，明確顯示一張看起來像小羅傑的臉，只是臉皮有點癟，額頭多幾條皺紋而已。

所以本公司才推出**娃娃說**™2100款。全新產品2100款讓寶寶看起來就像自家的寶貝。由於我們不希望顧客對我們不滿，我們想免費給您一個升級的機會！本公司願派員至勒斯特巷登門拜訪，用德瑞克本尊的臉製作石膏模型。不久後，聯邦快遞將遞送盒裝德瑞克的臉至府上。您將**娃娃說**™2100戴上德瑞克的頭，黏好魔鬼氈，他看起來會和本人幾乎一模一樣。另外，我們還免費附贈一項驚喜禮。我們派員至府上的同時，也會錄下寶寶講話的實際語音，用來製造德瑞克會說的語句。所以，他不僅看起來像他本人，語音也像他自己，在家裡爬來爬去時，就像真的在講話！

此外，我們也將附贈幾項個人化選擇。

比方說，您給德瑞克的小名是「愛達人」（我以我們家爲例，因爲我太太安和我都叫兒子比利「愛達人」，因爲他太可愛了。）有了**娃娃說**™2100款，您能選擇讓德瑞克爬進房間時說——或者像是在說——「愛達人來了！」或「別再講肉麻話了，愛達人到了！」本公司的作法是從產品耳垂釋放雷射光束，能感應到門框的存在！從德瑞克的頭部，**娃娃說**™知道他剛進入房間！另外，您也將擁有一百多個自選語句，更能加倍配合德瑞克的個人習性。例如，在德瑞克生日那天，您能選擇讓他說，「媽咪，爹地，記得你們在阿魯巴島受精懷我的那一次嗎？」（兩位也可能不是在阿魯巴島開始懷德瑞克。我們無從得知。本公司的研究並未廣及那個範圍。）或者，比方說，您的狗走過來，舔德瑞克一口，您可能想讓德瑞克說（如果狗名是小皇后，像我們家的狗）：「小皇后，別再舔了！」這樣能怎樣呢？讓您更愛他。因爲，他突然變得能言善道了。他突然不再只坐著咕嚕咕嚕咕嚕，一面檢視姆指上的一坨自己的糞便，我們最近發現我們家比利會做這種事。有時候，我們覺得，我們的小孩只會待在角落咕嚕咕嚕咕嚕，還一面看著沾在姆指上的糞便，我們會被無子的朋友看扁。幸好現在，每當無子朋友來訪，我和老婆安發現，小孩變得妙語如珠，神態自若，眞的好偉大。重點在於，這種現象很有趣，每當無子朋友來家裡打牌，寶寶突然脫口而出（套用他未來可能的語音）：「我們非常可能依然無法完全體認愛因斯坦的發現有多麼重大！」

我在此必須承認，我們幾度看見決心不生小孩的朋友眼神軟化了，彷彿他們也突然想生個寶寶。

至於您所寫的，每當語音從德瑞克嘴裡發出時，他會有微微畏縮的表情，這種情形是因爲嘴巴旁邊的揚聲器輕輕震動他的嘴唇。我覺得這並非不尋常。我想建議您，試著先把產品戴在德瑞克臉上一陣子，也許每天十分鐘就好，然後慢慢增加他的**佩戴時間**。我們就是用這種方式適應的。效果很棒。現在，比利即使睡覺也戴著**娃娃說**™。事實上，如果他洗完澡，我們忘了幫他戴，他會發脾氣喔。有點像在求我們讓他戴！他會開始說：「免棉！免棉！」（我們認爲是「面具」的兒語。）我們幫他戴好，黏上魔鬼氈後，他會說——應該是2100款說——「古騰摩根[2]，爸爸！」因爲我們幫他安裝德語學習組件。另外，比方說，如果我們還沒幫他穿褲子，他會說：「可以幫我穿上我那件連衫褲了吧，我不能整天光著屁股沒事做！」（這是我自己編的，因爲我年輕時上台表演過幾場單口喜劇。）

我想說的是，有了2100款，和1900款相較之下，比利變得聰明好幾百倍。例如，他最近學到，如果牛奶從嘴巴滴出來，流到下巴去，他的**擬唇**™會發出哞聲。他聽了好像樂壞了！晚上，我在客廳處理一些文書，聽見廚房裡傳來「哞！哞！哞！」我衝進廚房一看，發現地板有一灘牛奶，牛奶從比利的嘴巴流到下巴。我搶走他的杯子，他會吵著：「別把我關進圍欄！」（這是安的貢獻—她在懷俄明州鄉下長大。）

范尼里亞夫人，我個人相信，無論哪一家的寶寶，都不想整天坐著咕嚕咕嚕咕嚕。我認為，寶寶包著尿布坐著，東看西看這個世界，會產生某種非語言的原始想法：我到底是斷了哪根筋，為什麼只有我一個人咕嚕咕嚕咕嚕，別人卻能用完整的句子對話？因此，可能就此留下終生的心靈創傷。別誤會，我的意思不是您家的德瑞克長大後恐怕會自卑，只因為他嬰兒期講話不流利。我不是專家，范尼里亞夫人，我只不過是個銷售員。但是，容我講一句話，我們家絕對不會拿比利的將來去冒險。我深信，每當比利聽見自己嘴巴附近冒出自信又聰穎的語音，他的自我感覺一定棒透了。也令我覺得他棒透

2 譯註：德文「早安」。

了。這並不表示我以前不覺得他棒透了。現在，親子終於能進行對話了！而且——最重要的是——每當語音從他的**擬唇**™傳出來的同時，他也學到一份無價之寶。換言之，他終於能開口講話的時候，他應該計畫用自己的嘴巴講話。

話說到這裡，范尼里亞夫人您可能會想：哼，這傢伙當然愛**娃娃說**™了，他大概有免費產品可以使用。您錯了，范尼里亞夫人，我和您一樣，從腰包自掏兩千美元買的。由於**娃娃說**™供不應求，本公司不提供員工優惠價。除此之外，上級強力鼓勵員工自購**娃娃說**™回家，用在自家小孩臉上。（甚至有個產品服務代表沒小孩，也買個**娃娃說**™回家，給老年失智的母親戴！只不過，小羅傑的臉套在她那羸弱佝僂的身體上，看起來是有點好笑，但全家真的喜歡聽她妙語如珠，太像從前的她了！）相信我，上級假如不鼓勵買，我照樣會買回家用。自從我們升級到2100款之後，一切都好，比利講了好多大道理，外表也幾乎和他本人相同，不像1900款那麼無聊，不會只講一些容易預測到的東西（就是嘛），我認為這也是您對本產品不滿的原因之一。范尼里亞夫人，您似乎是個智商非常高的女士。現在，每當有人來我們家，我們會圍著比利，等著他讓我們再爆笑一陣。就在上週末，我的直屬長官泰德．艾姆斯先生來我們家（人超好，很會幫我撐腰。如果這封信很得您心，麻煩您向他美言幾句），哇噻，比利逗得我們大家笑破肚皮。後來，比利對著地毯揉臉，動作很快，爲的是讓他的2100款大喊：「摩擦是一種常見而實用的生熱方式！」艾姆斯先生見狀拿出綠色小筆記本，振筆記下一些值得稱許的字眼。

范尼里亞夫人，我午餐時間快結束了，我必須畫下句點，但我希望我已經解答您的疑難。提一件我個人的私事好了，我進本公司之前，曾經惹過幾場小禍，甚至接受過勒戒療養，經歷並非可圈可點，但現在，哇，佣金一筆一筆進帳，能溫飽我和妻子、兒子。這並不表示我提筆寫信的動機是唯恐失去您這筆佣金。請不要這麼認爲。如果您拒絕我提供的升級良機，堅持退還1900款，我收到的佣金將必須退給艾姆斯先生，這是事實，但也沒什麼大不了的，我以前絕對也退過佣金給艾姆斯先生幾次，尤其是最近。我不太清楚我是哪裡做錯了。但是范尼里亞夫人，錯不在您身上，您無需擔心。您該關心的是德瑞克。我利用午餐時間寫這封信的眞正原因是，童愛公司全體員工努力不懈，推出家家必備的革命性智能發展工具，提供給您這樣的家庭使用，但是，每當產品遭到消費者誤解時，我們的心總是碎掉一小塊。請務必接受免費升級2100款的好意。范尼里亞夫人，童愛公司眞的愛小孩，所以我們才希望小孩能盡快精進。寶寶的起步階段太寶貴了，不容白白糟蹋。以我們家的比利爲例，我們發現，他的身體每天都在成長，他也每天都能學習到新技能。

瑞克・司明克斯敬上
產品服務代表
童愛公司

我的妖嬌孫

我帶我孫子去紐約看舞台劇。爲什麼呢？因爲在歐尼翁達鎮，他老是愛唱歌愛跳舞，有時候會聽我的歌舞劇舊唱片，但他最常聽的是他最愛的那張《小象巴巴爾[3]高歌！》CD，有時甚至自創舞步。我並不在意，或者應該說，我盡量不去在意。不過我承認，有一次，我進他房間，發現他圍著一條粉紅羽絨圍巾，以老婦人的歌喉唱著《我從未遇過像那隻象的男人》，我看不下去，只好走開，深思並祈禱。最近有一次，教會舉辦**雙雙對對晚宴**，他爲了更酷似巴巴爾，穿著一條噴漆成灰色的桌布，拖著腳步進宴會廳，唱著《大而遲緩卻至爲尊貴》。

被祖父嫌，我不是沒有經驗。我爺爺經常揶揄我蘿蔔腿，害我至今洗澡時仍忍不住暗罵爺爺。在這兩種情況下，我都祈禱著：主啊，他就是他，讓我無論如何愛他吧。假

3 譯註：Babar是1931年出版的法國童書《大象巴巴》裡一隻離開叢林、進入大城市的小象。

如孫子是個同志，願上帝保佑他；假如他不是同志，只是喜歡戴奶奶的假髮，對狗高唱經典歌舞片《眞善美》裡的《白花火絨草》，那就隨他去吧。不管是不是同志，讓我的一舉一動都能傳達親情和認同吧。

因爲，如果連自己爺爺都不愛，孩子該去哪裡尋求無條件的愛呢？我的看法是，他的童年過得辛苦，因爲母親住內華達州，父親不詳，由爺爺奶奶一手拉拔，住家附近只有他一個小孩，天天獨自在小院子裡玩，而圍牆另一邊是墓園。學校裡的男生都欺負他，女生也是，連老師也一樣。最近，我們在薩斯奎哈納河裡撈到他的書包；最近也發現他夾克後面被貼一張紙，充滿辱罵意味，筆跡一點也不像小孩，更有謠傳指出，作者是校車司機。

後來有一天，我想通了。我心想，既然孫子泰迪喜歡歌舞，我乾脆介紹他認識世界上最精彩的歌舞。所以我打免費電話去文化專線，接到郵差寄來的承諾券，然後在泰迪生日當天，爺孫倆搭火車南下紐約市。

我帶他走進富麗堂皇的艾斯諾劇院大廳，心情大好，對泰迪說，「這裡的舞台好大喔，我幫你在車庫後面蓋的小舞台不夠看。」一個板著臉的年輕人突然攔住我們（姓好像是爾尼斯蒂），他說，「很抱歉，先生，只有承諾券是不能進場的，開什麼玩笑。你應該拿這張承諾券，前往至少六家**主要文藝贊助商**取得消費證明，例如美國線上，或可口可樂，然後盡快去四十四街和百老匯交叉口的兌換中心，才換得到眞正的入場券。請不要遲到，遲到的觀眾不准進場，因爲一開場就有全場黑漆漆的特效，以便揣摩非洲叢林深夜的情境。」

我怎麼沒聽說過？但我才不願意讓孫子失望。

我帶泰迪離開艾斯諾劇院，踏上百老匯街，人行道上的**時時判讀器**感應了我們鞋裡的**時時磁條**。樓房與眼線等高處架設著迷你螢幕，顯示著我們每月在**時時偏好單**上記錄的個人偏好。這種小螢幕全名是**賽必克瞬影螢幕**，爲數眾多，不是衝著人臉而來，就是由上對著人臉往下灌。除了影像之外，我也清晰聽見有聲無影的訊息針對我傳遞，只有我一個人聽得見。這種科技名叫**卡西歐聽覺聚焦器**。例如，我們來到四十二街和四十三街之間，我聽見一份訊息對我大喊：「裴崔羅先生，上個財政年度您愛護漢堡王八次，本財政年度卻只愛護兩次，請不要放棄我們，往北過一條街，就有一家漢堡王！」聲優由百老匯巨星漪漣・韋絲頓[4]擔任。來到四十三街時，一個架在路燈上的聚焦器喊

4 譯註：虛構人物。

著：「天啊，雷納德，你記得童年在歐尼翁達鎮農場的生活嗎？來一包**星巴克鄉村烘焙**，回味一下吧。」這位聲優是帶鄉音的名人，我認不出是誰，大概是美國鄉村歌王巴克・歐文斯（1929-2006）吧。隨後，最了不起的是，當我們走到PLC電子商行門口時，忽然出現一個3D投影的舞王金凱利，大如眞人，跳著踢踏舞說，「雷諾德，我的資料顯示，你跟我一樣，年齡有點大！天啊，在我們的年代，日子比較單純，對不對，雷納德？不如你進來坐一下吧，讓法蘭基・Z說明最新3C產品的用途！」實在太像舞王了，我趕緊叫孫子看，「泰迪，看那邊，金凱利，史上舞技比他高超的沒幾個，記得我提過吧？」可惜泰迪當然看不見金凱利，因爲金凱利不在他的偏好清單上，他這時只會看見他崇拜的小象巴巴爾，鼻子鉤著一隻小猴子盪來盪去，同時說，根據他的資料顯示，泰迪尚未擁有任天堂遊戲機。

好好玩，太紐約了，可惜，不太好玩的事情發生了。我們在兌換中心排完隊，離開場只剩十分鐘，我的腳腫起來了，再過不久即將惡化成自發性流血。這種病的起因是年輕時參加韓戰，大冬天在趙白村腳踩冰冷的泥巴所造成的。早已見怪不怪。病發時，能坐一坐也好。如果能靠著什麼東西站，也不錯。最好的是能脫掉鞋子。我把鞋子脫掉，靠著牆壁站立。

在我們四周，在我們頭上，到處是高聳的燈牆，有的環繞大樓正面；有的嵌進人行道；有的特別爲路燈訂做安裝。畫面中有一個是卡通獅子正在大嚼一位西裝男；有一個是雨林中一家大小裸體划獨木舟，被一陣金幣雨灑到；有一個是身穿性感內衣的女人拿著一瓶百事可樂磨蹭乳溝；有一個是代表美林證券的會講話的拳頭，問著，「你是呼它巴掌，或是巴結它？」有一個是完美無瑕的人類臀部正在跳舞；有一個是一群假鵝變成一整片原野的Bebe服飾商標；有一個是老祖母垂死，聯邦快遞員送來整個房間的玫瑰花，同時舉牌，上面寫著「免費」。

站在這麼多美景之中的是我們的小泰迪，渺小又哀傷，因爲他爺爺連帶他去看個小表演都吃癟。

於是我鼓勵自己，老頭子，別再靠牆站了，不管有沒有流血，繼續走路準沒錯，路總有走完的一刻。想完，我帶他前進，我跛著腳，泰迪攙扶著我一隻手，速度還算可以，我暗想，應該能趕上開幕。孰料，一個**助民者**忽然出現，問我們是不是外地人，所以我才不穿鞋子，導致**時時磁條**失效？

我在此應該聲明一下，我對新型廣告法並不陌生，因爲在尼克森總統的年代，我也曾率先在鎮上使用拖曳式廣告看板——我駕駛著Dodge Dart車，拖著三十個看板繞行全鎮，身上的西裝若在今天會被當作笑話。講這麼多，重點是我不排斥**時時磁條**的概念。我脫掉鞋子的用意並不是排斥它。我的愛國心不落人後。脫鞋的理由我剛解釋過，因爲我的腳在流血。

我把以上的話全部告訴助民者。他問我是否明瞭，磁條失效的我錯失了**歡慶個人偏好**的良機？

我說我瞭解，我非常惋惜。

他說他爲我的腳感到難過，他自己的手肘也有毛病。他勸我把鞋子穿好，然後慢吞吞走完這一趟，沿途努力左右看，方便接收更高密度的訊息，以彌補剛才錯過的東西。如果我這麼做，他很樂意既往不咎。

我承認，這個助民者讓我有點沉不住氣。我對他說，「年輕人，我襪子上一團團黑色的地方是血，你眼睛長哪去了？」

他一聽立刻變臉說，「請不要對我動怒，先生，我希望你明白我能舉報你。」

就在這個時刻，我誤入歧途。

我看著這個助民者，見到他的臉圓圓的，淺金色鬢角，兩腳大內八，越看越覺得我認識他。不對，應該說，我覺得他和我年輕時沒差太多，也很像我當年的朋友，例如小傑·

迪索托。有一次，他見到一群立陶宛裔流氓拿著M-80鞭炮捅貓屁眼，一氣之下和整群人單挑。例如肯．拉瑪，他的男高音好優美，可惜只能在韓國光維貞丘陵區慫笑慫到斷氣。

我掏出一張二十元鈔票，湊近助民者說，「拜託啦，行行好，這孩子眞的只想看這齣歌舞劇。」

這時候，他取出罰單動筆！

即使是歐尼翁達鎭來的鄉巴佬也知道，開罰單不是一、兩分鐘就能解決的事。在等罰單的期間，我們勢必要罰站至少半小時，然後被送去**進行式申訴中心**檢查磁條是否失效，然後被迫看一捲矯正錄影帶《經濟穩健，民情超道德！》。去年冬天，我已經被迫看了三次，因爲當時我失業，家裡訂不起有線電視。

而且孫子還可能看不到《巴巴爾高歌！》。

「求求你，」我說，「求求你，我們看到的個人化訊息已經滿多的了，有的是和眼睛等高、掛在樓房上的迷你螢幕，有的是突然衝著我們來的**賽必克瞬影螢幕**，今天已經學習到很多知識了，我對上帝發誓，我們已經——」

他說，「先生，我們的**文藝夥伴**傳達的是實用資訊，你吸收到的資訊夠不夠多，輪得到你來評判嗎？」

他繼續開我罰單。

哼，結果我穿著襪子，和泰迪罰站，他眼神裡有一種他在幼兒時期才有的恐懼。小時候，他好怕雞。有一種羅斯蒙雞蛋，包裝盒上印著一隻雞，我們不敢買，即使買了，也得先剪掉那隻雞。爲了這樣做，車上還特別準備一把剪刀。於是我當機立斷，搶走助民者正在開的罰單，扔向馬路，對著泰迪大叫：「跑啊！快跑！」

他拔腿就跑。我也跑。助民者既想去撿罰單，又想追我們，左右爲難，我們趁這個空檔直奔百老匯街，回頭一瞥，就看見一個青年壯漢伸出一腳，絆倒助民者。不久後，到了門口，我把入場券交給爾尼斯蒂先生。他嚴肅的表情減輕不少。我們進場坐下，上空出現星星，艾斯諾劇院轉變爲叢林夜景。

忽然間，小象巴巴爾上台了，以渴望的神情望著巴黎，老婦人正在巴黎，她說夢見名叫巴巴爾的人，有沒有人認識巴巴爾，去哪裡才找得到他呢？聽過原班人馬CD的泰迪知道答案：巴巴爾在你我心裡，在所有人的心中。泰迪和全場小朋友一同吶喊著，老婦人這時開始演唱《心中之王》。

我告訴各位，打從那一刻起，泰迪的世界爲之改觀。在此，我很高興向各位報告，泰迪在學校參加話劇演出。現在，他不管去哪裡，總是圍著圍巾，常常把圍巾尾甩向肩膀後面，動作只能以「人小聲勢大」形容。有人問他在做什麼，他總回答，他立志當演員。原本他連萬聖節去討顆糖都不敢呢！曾經他有天放學，哭著回家，被大鎖和自己的腳踏車銬成一體！從此他再也不曾深夜哭泣，不再拿萬年筆在自己手臂上寫字，早晨高高興興下床，圍著圍巾，迫切想上學。爺爺奶奶下樓時，他已經坐在餐桌前吃早餐了。

前幾天，他下校車，我聽見他以淡定的口吻對司機說，「奧斯卡頒獎典禮見。」

時時判讀器一旦突然失靈，追蹤並非難事，所以不到一星期，我接到掛號信規定我繳一千美元罰金，並且說明，不想繳罰金的話，可以返回違規起始點（信上另附一張地圖），在同一名助民者的監督下，穿著鞋子往回走，如此才可再接收**歡慶個人偏好**的大好良機。

對我來說，這不是美國。

我認爲，在美國，國人如果不想買，沒人能規定他非買不可，也要尊重他不買的決定。如果有人想法太瘋狂，和你的瘋狂想法差太多，你就應該拍一拍他的背說，嘿，老兄，你的想法夠瘋喔，我們一起去喝啤酒吧。對我來說，美國應該是眾人齊聲高喊的國家，多數人喊的東西沒道理，其中有幾個是瘋子，但是拜託一下，美國不是一個凡事講理的華麗單聲道國家。

話說回來，掐指算一算：一天工資，外加火車票錢和餐費，爲避免腳再流血而搭計程車，全部加起來一千美元有找。

所以我還是去了。

助民者是同一個，他名叫勒伯，他說他很高興我回心轉意。每次有人對著我耳朵喊話，淨講一堆我已經知道的東西：每次有名人3D投影走向我，把我當成老朋友，勒伯會在我的違規矯正單上打勾，對我說，「裴崔羅先生，我們能掌握你的好惡，對你瞭解這麼深，能協助你辨認你想要、需要的商品，這不是太神奇了嗎？」

我會對他說，「對，勒伯，是很神奇沒錯，」邊說邊想吐，但我會逼自己想著我能省下五百元，用這筆錢幫泰迪繳舞蹈班的學費。

至於泰迪，在我寫這篇文章的同時已經將近午夜，他正在樓上房間跳踢踏舞。他輕盈得像小鳥，同一齣歌舞劇可以連續看十五遍。在購物中心走著走著，他會突然隨便朗誦一句台詞，向一旁屈身，跳一種近似踉蹌的舞步，手裡的飲料灑出來，整個人撲向一群鎮民，大家一臉錯愕，嘻嘻竊笑著。他的外表誰也不像，行爲誰也不像，服飾越來越接近鳥羽毛，深夜拿玩具兵練舞，不落入任何一個窠臼，沒有朋友，但我誠心相信，有朝一日，他說不定能綻放美妙的光輝。

小強[5]

在我提起的那段日子裡，協調員規定我們一律要看一個片子：《自己的東西，想做什麼都行！》。影片裡，像我們這樣的青少年坎坎而談，自摸感覺怎樣，自己動手，對身心有啥好處。我們從片子學習到，自摸沒啥不好的，因爲，愛是一個謎。不過，愛的機制，未必是一個謎，所以儘管單飛吧，自個兒去探索，看看自己和自己的卵蛋，能培養出什麼默契。而最主要的是，盡情去玩個夠吧，沒啥好可恥的！

後來，夜幕蓋下來，我們的場所裡，到處有小小的怪聲音，從我們的**隱私油布篷**裡面冒出一種急促的呼吸聲，大家全照著片子教的方法，自我實驗中。結果咧？用來分隔性別區的滾動牆，和最大一面牆之間，有個小縫隙，那條縫最好是窄得不能再窄，否則……

5 譯註：原作模擬青少年語氣，內容刻意出現錯別字和誤用語。

答對了，空隙不夠窄。

所以，才有我接下來介紹的好戲。

我也想聲明一下，誰能怪罪眼力比較尖的喬許呢？他注意到那條小縫，學蛇一樣，往裡面鑽，全身只穿那件 Old Navy 牌的平口內褲。這內褲是 Old Navy 免費送我們穿的。另外，茹希刻意讓魔鬼氈開著，誰能怪罪她呢？一轉眼的工夫，其他人全都聽見他們在做大家都猴急想做的事。我們是比較守規矩的，只躺在原地，一面做著影片教的自娛法，一面聽著茹希和喬許搞眞槍實彈，不蓋你，光聽也蠻好玩的。

隔天早上，喬許回來了，樂到淚崩，進一步打擊到我們的道德心。協調員不是啟動了夜間監視器嗎？怎麼沒逮到他們？我們心裡嘀咕著的一個想法是：喂，你們不是規定，不能做男生女生做的那種事嗎？爲什麼喬許一手拎著內褲回來，腰還被種一個草莓，你們居然連一聲「逮到你了」也沒罵？

以我個人而言，因爲，我想守規矩，我才不想偷偷鑽那條縫過去。我想做的是，等我年紀夠大了，跟人結婚（對象是誰，呆會兒說），想搬去屬性適當的場所去住——就是**新婚青年**區，例如，賓州史克蘭頓和阿拉巴馬州木比爾。沒想到喬許居然找茹希，做不純潔的事情，兩個人卻都沒有被處罰。不久後，生育的奇蹟發生了，連德拉寇特先生在內的協調員，全帶了絨毛動物玩具，送給小北鼻安珀，怎麼會有這種事？看到這種情形，我全身的每個細胞，或染色體，或什麼的——總之，是躲在我卵蛋裡面，屏息以待的小傢伙，他們全對我喊話，老哥，快鑽進那條縫吧，再痛也不管，然後去蹲在卡洛琳的油布篷外面，悄悄說，卡洛琳，是我啦，請打開隱私口的魔鬼氈！

我本來拒聽卵蛋的喊話，可惜被最後一根草壓垮了。這根草就是，我做了一個夢。MTV頻道有個節目叫《熱辣辣耶誕》（如果你好奇想看一看，找秒格[6] 34412附近就有），我是節目裡的那個黑人，卡洛琳是滿身油亮的白妞，我和她爲了贏得**海島假期**，在耶誕歌《東方三王》結束前，要表演十個**火熱羞羞體位**，只可惜，表演到**女上男下**、**嘴含拇指**的時候，她的精靈帽掉了。**挑戰失敗鈴**響起時，她彎腰告訴我，唉，小強，現場有幾百個表演波浪舞、享受春假的學生，在他們面前做，感覺很怪，要是能在兩人世界裡玩眞的，該有多好。

說完，她對我獻吻，吻到我只能以「融化了」來形容。

---

6 譯註：Location Indicator在故事裡代表「廣告片段」，但字面上容易讓人誤以為是地圖上的座標，在此以意思同樣含糊的「秒格」取代。

好，想像一下我的處境。一個健康的年輕人，幾個月以來，一直在自我練習，有天夢見辣妞獻吻，吻到我快融化了，而同一個辣妞正在滾動牆另一邊，躺著或歇著，而喬許正在隔壁隱私油布篷裡面睡覺。才幾個禮拜前，他最近睡的女孩，生下一個嬰兒，天沒有掉下來，只不過，司利本先生偶爾讓他們睡懶覺。

遇到這種情形，換成你，你會怎麼辦？

哼，你會照我的方式去做，你也會鑽到牆的另一邊。穿著Guess牌日式藍浴袍的卡洛琳，解開魔鬼氈，低聲說，我的天啊，拖到現在才來，這將會是人生最浪漫的糟遇。

雖然，我見過蜂蜜葛蘭姆餅乾的秒格34321，見到一道牛奶，和一道蜂蜜，結合成一道，融成香甜可口的小河，我卻不曉的，做愛的時候，人竟然會變成，像牛奶，對方變成，像蜂蜜，不久後，兩人甚至記不清，起先誰是牛奶，誰是蜂蜜，兩人融合成一灘液體，像蜜/奶混合體。

這種情況嘛，就發生在我們身上。

所以，我才不得不趕緊找司利本先生，畢恭畢敬，向他報告，司利本先生，小安珀，她就快有個小玩伴了，希望你不介意。他聽了，只翻翻白眼，一手捏扁手裡的塑膠杯，對準我的胸口砸過來，說著，藍迪，你以爲我們這裡辦的是學前遊樂班啊！

然後他說，唉，老天，我該怎麼辦呢？爲了這場鬧劇，我平白喪失兩個寶貴的成員。好吧好吧，小安珀還要睡嬰兒床多久？或者是，你要我幫你的小孩訂一個新床嗎？

我們聽了，樂爆了，因爲，我就快當爸爸了，而且，還保的住飯碗。

過了幾天，和喬許跟茹希一樣，我們結婚了，儀式同樣，由德拉寇特先生的牧師哥哥主持，典禮後，有**外燴部**準備的烤牛肉可吃，新人在窗前共舞，粉紅和紫色的氣球，在窗外被釋放，其他青少年，都祝福我們嗨到底，生一個健康寶寶！

我們倆一輩子，絕對沒有這麼快樂過。

在秒格110006裡，有句俗話說，命運之神不只對我們投曲球和滑球，有時甚至投更狠的球，像道奇隊魔投黑克特．瓊斯，大動作從背後投出一記龍捲風球，讓Allstate保險公司風光[7]。我猜這句俗話，是真的吧，因爲，不久後，小安珀出事了，搞的大家腦筋錯亂。

小安珀出什麼事？小安珀死了。

7 譯註：揣摩球賽解說員順便為贊助商打廣告的說法。

有時候，我坐在大家搶著坐的靠窗位子，一面趕**總結**，一面看窗外的帶狀綠葉區，心情會變的不錯。那裡，有時會躲著一隻從村趣公寓跑出來的貓，看起來好萌，讓人想摸一摸它，甚至嗅一嗅它。而在傷心的日子，想伸手摸一摸它，甚至想，賞它一塊鮪魚，給它喝一口，我的健怡可樂！貓喜歡喝汽水嗎？我就不曉的了。

那一天，小安珀趴趴走過來，喉嚨發出一種不是很享受的聲音，走到她喜歡的零食車前，身體突然繃起來，倒下去，發出尖叫聲。

一開始，大家只看著她，心裡想著，小安珀啊，妳在搞什麼新把戲呀，看不太懂，更何況，拜託妳，今天早上的**評估**一大堆，都寫不完了。例如，健怡薑汁可樂的搶先品味會，另外還有一個非常重要的搶先鑑賞會，是零售仲介添惠公司即將推出「你今天想整垮誰」廣告，要我們鑑賞片子裡的第一批集錦。

可是，她倒下去之後，再也沒有站起來了。

我們扔下**評估**，衝向觀察窗，猛捶窗戶，因爲，我們太疼愛她了，因爲，她是我們頭一個天天都看的到的小北鼻。不久後，救護人員趕來，抱走她，其中一個罵我們，天啊，你們這些小孩，太笨了吧，這娃娃發高燒了，腦膜炎燒到華氏一百〇七度！

就算我們是呆瓜好了，我倒是想問醫護人員，假如你們有一籮筐的**評估**等著做，腦筋還能靈通嗎？我們當時壓力超大啊。

所以，隔天早上，卡洛琳挺著懷了小寶寶的肚子，看著安珀的嬰兒床被**實體廠部**拆掉，情緒糟透了。因爲擔心腦膜炎的病毒會傳染，所以，場所裡的所有表面，全被Handi Wipes消毒紙巾擦過。而我們其他人，到處見東西就踹，嘴巴一直罵，這太遜了吧，媽的，遜翻天了！

回想起來，司利本先生接下來的作法值的讚賞，因爲他說，天啊，各位，難過的人不只你們，大家的心全碎了。從小安珀一出生，我就看著她長大，不也和你們一樣？我難道不想見東西就踹爛，難道不想大罵，這太遜了吧，媽的，遜翻天了？只不過，那樣做又能怎樣？能把小安珀救回來嗎？在這個哀傷悲情的時刻，我們應該爲茹希和喬許打氣才對。怎麼打氣呢？我想不出辦法。是表現情緒低落，動不動生氣，或者是表現出神清氣爽、充滿希望，以便更能順應他們的需求？

這還用說嗎？所以，大家一致表決，接受司利本先生的**場所士氣措施**。不久後，我們原本一天去鏈接一次輝安劑®，變成一天兩次，而且藥好像比以前更神。以我個人來說，我從沒感覺這麼高興，慶竹難書，這麼零壓力，**評估**寫的非常細膩，寫一整天也不累，樂在其中，然後還重新再寫，再樂在其中，就是在這段期間，我們的**評估**項目，奪得了中西區白人青少年組的麥都奴績優獎。

沒有高興起來的人，只有卡洛琳一個，她因爲懷孕的關係，不能和我們一起去鏈接牆吸收輝安劑®。現在，每次我們去鏈接的時候，她都會過來，講一些難聽的話，例如，去嗅一嗅咖啡醒醒腦吧，你們心情不好，是因爲有個嬰兒死了，繼續以情緒低落的方式追思她，不是比較好嗎？情緒低落，是天經地義的事，因爲，有個嬰兒死翹翹了，你們大家不覺的嗎？

夜裡，我們睡在協調員在會議室十一安排的雙人**隱私油布篷**裡——這樣安排，是爲了提升已婚感——我告訴她說，老婆啊，妳的態度這麼爛，只是因爲妳不能去鏈接，等孩子一生下來，一切就會沒事，因爲妳就可以再去鏈接了，對不對？可是，她聽不進去，她說她考慮永遠不再去鏈接，她還問我，幹嘛一直催她去鏈接，現在的她，不曉的能再信任誰了。有一天夜裡，胎兒踹了她一下，她對著腹部說，別擔心，小天使，媽咪會帶你**出場**。

我的想法是：**出場**？講啥？我的想法是：沒搞錯吧，我喜歡我在這裡的成就。我以前想過，出場，是向下沉淪到一個見不到名人的地方，再也沒機會認識像女星莉莉·法蘿蓋樂斯，或**狗酷**.com總裁馬克・比雷之類的名人。**出場**，能沉淪到哪裡？落到鋸木廠去嗎？像經痛藥Midol秒格77656裡的鋸木廠，那裡只有成堆的原木，車流從旁邊飆過去，車上沒有名人，只坐著不曉的我是誰的普通老百姓。車上的人見了我，只以為是個忙著堆木柴的男人，以為我心裡只想著無聊的想法，例如，嗯，今天午餐能吃到什麼好料？才怪——一想到這裡，我就一陣心涼，因為我不想出去。

更何況（我告訴卡洛琳），身邊的一切全被奪走後，我們的情況會怎樣呢？我們有什麼好聊的？我可不想用唉聲嘆氣的方式，表達我對妳的愛！我可以用我體會過的一種愛，來對比我對妳的愛，我可不想一邊考慮該用什麼比喻，一邊挨風吹！我想說的是，卡洛琳，記的房仲商RE/MAX的那一支嗎？裡面的那個紅髮小孩，抱著從垃圾桶撿來的玩具熊，睡著了，熊突然醒來，調皮眨眨眼，旁白說，讓你突然不再渴望回家的地方，那才是家（秒格34451）。我想告訴卡洛琳的是，卡洛琳，妳去看看秒格34451，就知道我對妳的感受像什麼。算了，我乾脆說出來！我想盡可能搞懂所有的造句法，因為我們一出去，轉眼間什麼都沒了。身上穿的是非設計名牌服飾，**趨勢領跑者與品味創造者**口香糖卡片上也不會再印我們的相片。我會轉頭對她說，老婆，呃，老婆，有一種感覺，我說不太上來，也舉不出以前有過的例子，不過，相信我，親親，我現在對妳的感覺好強烈啊。如果出去了，妳我在外面吹風，一男一女傻傻站在那裡，會是什麼感覺？對方講什麼，完全聽不懂。

就在這時候，胎兒踹了我的手一下，在當時踹的是卡洛琳的肚子。

卡洛琳說，你跟或不跟，快決定。

說也奇怪，因爲她正中我的心意！因爲，這就是跟或不跟，二選一的問題，也正是Lysol秒格12009裡清潔劑對搓洗海綿講的話。清潔劑和海綿一同走向油漬的時候，看見油漬對它們舉起一個拳頭，一臉狠狀，還綁了一條墨西哥班德勒拉頭巾！

我對她指出這一點，她移開我放在她肚子上的手。

我愛妳，我說。

證明給我看，她說。

於是，隔天，我帶卡洛琳，去找司利本先生說，拜託你，司利本先生，我們在此**請求**你開示合適的**出場證**。

司利本先生聽了說，兩位啊，快告訴我，這是你們正在對我開的一個玩笑。

卡洛琳聽了細聲說，不是玩笑話，因爲她一向喜歡司利本先生，因爲她童年在**健身**

區的時候，司利本先生曾經教她騎腳踏車。

司利本聽了說，老天爺啊，你們身負數十萬才子才女嘔心瀝血的心血結晶，其中有些人已經不在了，不過他們在盛年時期，不由自主受到周遭美景和能量的感應，所以推動這些願景，因此他們的故事和影像才深植人心，能見證我們立國的根基！而這些東西也全在你們心中！這種感覺多麼棒，我只能憑空想像。結果，現在你們竟然想拋棄一切？爲了什麼？卡洛琳，爲什麼？

卡洛琳說，司利本先生，你一定也不願意在這麼侷限的環境裡生養小孩吧。

司利本聽了說，卡洛琳，沒錯，不過，請妳也要知道，我或我的小孩都沒機會躋身**趨勢領跑者與品味創造者**口香糖卡片。相信我，在這件事上，我被罵慘了：爸，你怎麼不努力安插我們進場？結果，爸，天下幾百萬個眼科醫生，我只是區區一個眼科醫生。在悔不當初的方面，身爲父親，有時候眞的左右不是人。

卡洛琳聽了說，小強，告訴你，我們講這麼朵，他根本聽不進去。

司利本聽了說，藍迪，你什麼時候改名叫小強了？

順帶一提，我的名子眞的叫小強。藍迪是我母親在我**入場**那天塡表寫的，不過講老實話，爲什麼塡藍迪，我也不清楚。

不過，我有微微的印象，可能在我還是小嬰兒的階段，清楚記的她喊我小強。

卡洛琳說，腦子裡想像是一回事，**出場**置身其中就完全不一樣了，我猜。

我看的出，她態度漸漸軟化，融入一個像女兒的角色，好像是想叫司利本指點她，結果秒格27493（Prudential壽險）出現了，畫面是中風的老爸躺在病床上，女兒問他，她應不應該嫁給一個窮暖男，鏡頭轉向一個男人，正在幫清寒兒童噴漆美化鞦韆，老爸說，乖女兒，跟著感覺走就對了。後來，老爸病好了，穿著燕尾服，女兒擁抱窮暖男，對老爸調皮眨眨眼，老爸舉杯指著新郎的鞋子，鞋上有一點鞦韆的噴漆。

司利本說，這方面我沒有感想，每個人都不一樣，不是每個人都能體會別人的經驗。

卡洛琳說，賴瑞，別怪我態度不好，是你在扯屁，你不能用這種話，來敷衍我們。

司利本看樣子是態度軟化了。我記的他，常偷偷塞甜甜圈，給我們這些青少年吃，而我們根本不必**評估**甜甜圈，大家只吃就好，吃到果醬沾臉上，吃的好爽，吃完才回去玩**定點專注遊樂**的玩具，**評估**的寫法是在一張紙上塗顏色，如果玩具好好玩，就爲笑臉鴨上色，如果玩具很菜，就爲臭臉鴨上色。

結果，司利本說，告訴你們好了，卡洛琳，即便是以入選者來說，你們兩個算是非常好命了，上級在你們身上投下很大的投資，我認爲你們絕對有報答的責任，更何況，你們快生小孩了，也該爲小孩的安全著想，也爲將來著想——

卡洛琳聽了說，伯伯，拜託你好不好。「伯伯」是她的小王牌，因爲在她小時候，司利本准她喊伯伯，現在她一抓準時機，有時會喊「伯伯」，例如在耶誕節前夕，大家情緒都很高亢的時候，她就會這樣喊。

司利本說，天啊。唉，你們兩個小孩顯然可以爲所欲爲，我阻止不了你們，不過，可惡，我但願我能喊停。想走的話，照規定要先去**習者中心**走一趟，你們去過之後，我才可以發給你們需要的**出場證**。你們想什麼時候去？

現在就去，卡洛琳說。

哇，卡洛琳，妳的性子什麼時候變得這麼急啊？司利本先生說完，叫來一輛迷你廂型車。

即便是搭著窗戶被貼成黑色的迷你廂型車前來，拜訪**習者中心**的經驗還是新奇到不行，因爲我們體驗到很多新的景象和聲音，例如，地板鋪的地毯，和我們場所地毯，不是同一型；車上的菸灰缸有菸臭，而我們的場所是禁菸設施。另外還有，哇，爲了我們自身安全起見，我們眼睛被矇住，被帶進裡面，好多好多新氣息，從四周飄過來，例如，人行道邊的小花之類的東西，害的我和卡洛琳聞的暈頭，差點對撞。

進到裡面後，眼罩被他們拿掉，沒錯，景象和氣味，跟我們的場所完全相同。如同全國各地的場所，這裡也使用漫香®系統，不同的是，在全國其他場所，不會有個穿藍袍的鬥雞眼女士走過來，端著一杯檸檬水，用醉醺醺的口氣說：穀倉不僅是一座穀倉，也是你獲得全國連鎖照護者關懷的地方，值得回憶。他們秉持無私奉獻的心，陪你在蒙特瑞享受最美好的一晚，在星斗低垂之際，你可以感激你的Amorino仲介！

說完，她嘩啦嘩啦飆淚，手裡的杯子斜了，檸檬水眼看就要灑到手足球桌上。我甚至不清楚，她腦筋浮現的秒格是多少號，我問她，她好像不懂什麼是秒格，只說，唉，最近怎麼搞的，我都糊塗了，怎麼會把我的嬰兒最柔嫩的部位暴露在森林最蠻荒的一區？那裡的情勢艱難，不是單獨能完成的任務，而是要靠整個團隊的夢想家合作，他們和你的夢想一致，最能造福最重要的體系——你的家庭！

然後，**習者中心**工作人員過來帶她走，她用力捶手足球桌，把守門員打壞了，守門員的頭從我們頭頂上飛過去。有人說，朵琳，打得好，我們這下子沒手足球可玩了。

幸好這時候，**單獨諮商**的時刻到了。

我們分到的這個中年人，他是俄亥俄州亞克隆人，我照著**問題卡**，問他第一個問題：痛的輕重程度如何？他回答，不痛，不過，我有一次拿咖啡攪拌棒去戳我的洞，天啊，痛死了，不過，平常不太感覺到洞的存在。

我聽了很高興，但只高興一下子，因爲他露出他拿攪拌棒戳的洞，給我們看。在同儕間，我怕血，是出名的，而他選擇不用膚覆膏®，整個洞一幕了然。哇噻，洞在頭髮和脖子相接的地方，血肉模糊的，近看的人，忍不住會有些想法。問到問題二的時候，他雖然回答說，在日常維護方面，他的洞不會特別讓他產生困擾，不過我往他那個洞看進去，心裡想問他，老兄，怎麼可能不會造成困擾嘛？你的脖子簡直像被鞭炮炸開花了。

接著，卡洛琳問第三個問題：你目前的思想程序如何？他聽了眉毛擠成驢模樣，回答說，呃，老實說，我雖然在這裡呆了三年，層次算滿高的，不過呢，腦子裡面有些地方呢，我以前常去找東西，現在呢，我去找，卻一個東西都看不見，感覺像是，貨架還在，玉米罐頭卻沒了，懂我的比方吧？例如說，看看妳自己，小淑女，我還懂得稱讚妳漂亮，不過，我想把腦筋轉向特定的一區的時候，想去找一個更栩栩如生的讚美語，結果，妳等著瞧啊，有幾句話會從我嘴巴冒出來，然後我會……啊抱歉……呃，可惡——

然後，他的語音變成廣播腔，嘴巴講著：這幾位婦女握有咖啡農世代相傳的天機，深藏在這片古森林裡，自從開天闢地以來，男人只有一個心願，就是在百無干擾的情況下看高爾夫球賽，只要知識藉由《世界百科全書》散播開來，必定能達成這個理想，開創一條縱橫數英里的超級大橋，電話預付卡能跨越鴻溝！

說著，他的瞳孔向鼻樑靠攏，嘴皮噗噗呲呲的，假如在別的情況下，我們可能會覺的有點好笑，但我們知道，不久後，我們也會變成鬥雞眼，口沫也會從我們的嘴巴噴飛。

然後他站起來，衝出去，一頭撞到臉。

我對卡洛琳說，我看，還是算了吧。

我等著她也說，算了吧，但她還是坐著，一手放在肚子上，一副內心掙扎的表情。

來到交誼室，我把她摟進懷裡，對她說，老婆，我真的不認爲，我們現在的環境有那麼糟，不如我們回去吧，彼此相親相愛，等寶寶出生後，疼愛寶寶，知福惜福，好嗎？

她聽了，頭歪一邊，好像在說，對，老公，我的天啊，都怪我，當初不聽你的勸告。

但這時候，發生了一件決定性的事情。有個老婆婆，跛腳走過來，說，親愛的，你們應該呆到第二年，才能眞正看透啊，有些人不會成長，別人就會，我在這裡呆第二年了，結果怎樣？告訴你們好了。現在，我每見一隻小蟲子，眞的會看到一隻小蟲子，每次見到一張色卡，眞的會看到色卡，不會分心，感覺好棒喔，視覺範圍裡面，只有人轉動眼珠能看到的東西，全靠個人意志看。另外，我口齒多流利，你們發現了沒？

坐進迷你廂型車之後，我說，嗯，我決定了。卡洛琳也說，嗯，我也是。然後，兩人之間是一段漫長的死寂，因爲，我知道，她也知道，兩人的決定不是同一個，完全相反，她的心，被那個想交心的老太婆動搖了！

我說，妳哪知道，她講的是不是實話？

她說，我就是知道嘛。

同一晚，在雙人油布篷裡，卡洛琳輕推我幾下，吵醒我，對我說，小強，如果眞要選錯路的話，爲了孩子美好人生著想而走錯路，不是比較說的通嗎？

我反問她，小姐，請開冰箱看一看，裡面有各式各樣需冷藏的飲食，也看一看冰箱上面，堆了各式各樣的零食，看一看**團體衣櫥**，裡面擺滿了免費名牌服飾，例如小

Gap，甚至連小Ann Taylor都有。照妳的提議，在寶寶的美好人生裡，不但冰箱裡面空空的，冰箱上面也要什麼沒什麼，一家三口生活聊倒，因爲單純以我來說，在求生方面，我的技能有限。如果妳進入**時裝艙**，找小Ann Taylor服飾，眨眼點閱**價格資訊**，妳會發現，媽的，那些東西不是免費送人的啊。

她聽了說，唉，小強，你的話讓我好受傷喔。那天半夜，你進我的油布篷，像一隻雄獅，進來予取予求，現在你卻像一隻小白兔，嚇的鼻子縮縮動。

這太損人了吧，我也這麼告訴她，她聽了說，天啊，別發牢燒了，你在學小白兔發牢燒，我聽人說，與其像條破抹布，我倒寧願當小白兔，她聽了建議我，今晚去睡別的地方。

我，只好去男孩區，睡地板，因爲，現在訂**隱私油布篷**太遲了。

我又生氣又難過，因爲，沒有男生喜歡被嫌是小白兔，因爲，男生一被女伴當成小白兔，她怎麼可能會回頭，再想像你是一隻雄獅？忽然間，我好想另外找個對象，從新來過，新對象會把我當成雄獅，絕不會嫌我是小白兔，也會眞正珍惜我們的福氣。

我躺在男孩區，做一件我思緒混亂時總會做的事：叫出包含母親的那段**記憶環**，見到她的紅頭髮，在頭上紮成一包，正在烘焙一個派，桿著麵皮的她，總會停下手說，喔，我的小大人，我好愛你，所以我才痛下決心，跟你分手，我的小親親，好讓你善用傑出的智能，去做那件最神聖的大事——幫助其他人。你乖乖呆在那裡，要專心，知足過日子，增產報國，媽媽也會跟著高興的。

我在**結尾**眨一下，心裡想，謝了，媽咪，妳總是對我不離不氣，可惜妳走的太早，要是在妳去世前，能再當面聚一聚，那該有多好。

天亮了，司利本爲了叫醒我，對著我的腳底，輕輕電一下。要早起的日子，需要協助的時候，我們有時候，會被電醒，很有效。他叫我跟他走，因爲，眼前遇到了一點點難題。

進會議室六，裡面已經坐著多芬先生、安竹斯先生和德拉寇特先生，會議桌另一邊，坐著卡洛琳，看起來好渺小，雙手按著**出場證**，頭髮紮成兩條辮子，我怎麼看都覺的，她的辮子造型很萌，就像**瑞士雨巧克力**（秒格10003）裡的擠奶村姑，突然拋開牛奶桶，把辮子甩鬆，騷手弄姿，有幾個胖農婦，在穀倉旁邊排隊，見狀，也跟著甩鬆辮子，騷手弄姿，瘦瘦的丈夫們，一副不知如何是好的樣子，拔腿就往森林逃跑。

多芬先生說，藍迪，卡洛琳剛表達出場的意願。我們想瞭解的是，你和她夫妻一場，你也有相同的意願嗎？

我看著卡洛琳，對她說，不過是吵個小架而已嘛，妳太小題大作了吧，而且先罵我是小白兔的人是妳，所以我才罵妳是破抹布，不是嗎？

卡洛琳聽了說，小強，原因不是因爲昨晚的事。

多芬先生說，藍迪，我似乎察覺到些許疑慮？

我不得不承認，確實，我正感受到些許疑慮，因爲，我比以前，有一種更強烈的感覺，認爲她，是個有點不知足的女孩子，日子過的再好，也永遠不快樂。

安竹斯先生說，孩子們，不如多給你們一段時間商量看看，眞正確定再說。

多一段時間？我用不著，卡洛琳說。

我聽了說，妳不顧一切想走？我走不走也沒關係？

她聽了說，小強，我迫切希望你跟我一起走，可是，沒錯，我是走定了。

多芬先生說，咦，小強是誰？

安竹斯先生說，藍迪就是小強，顯然是兩人之間的小名。

司利本先生對我們說，告訴你們好了，小倆口，我結婚將近三十年了，跟你們分享一下經驗談。拿不定主意的時候，深呼吸一下。即便抉擇錯誤，能在一起總是比較好。

卡洛琳，我有個想法，妳聽聽看。妳的出場證辦好了，我們可以幫妳保留。藍迪，你爲了表示退讓一步，也去辦出場證，我們幫你保留，等你們兩個決定是時候了，儘管說一聲，我們一定——

我今天就走，卡洛琳說。越快越好。

多芬先生看著我，說，小強，藍迪，管你叫什麼名字，你也準備今天走嗎？

我說不想。因爲，她幹嘛這麼急呢？我覺的，她一副慌張的模樣，焦慮的眉頭擠在一起，像秒格98473裡面的那隻黏土動畫雞，急著說，天快塌了天快塌了，結果，只是一輛Dodge奔羊掉下來，把她壓扁，只露出一條手或雞翅膀，拿著一個牌子，上面寫著：三月瘋球季暈昏頭。

司利本說，兩位，兩位，我認爲太可惜了。你們是恩愛的小倆口。爲眞愛而結合的一對。

卡洛琳哭了起來，說，對不起，我是怕再等下去，我恐怕會改變主意，而我心底知道，改變主意是不對的。

說完，她把出場證推給司利本。

然後，多芬、安竹斯、德拉寇特動起來，身手很快，好像照著某一本企業手冊裡的規定行事，而事實上正是這樣。多芬先生拿著幾張影印資料，宣讀印在上面的字。他問卡洛琳，有沒有想和誰，進行最後一次私密對話，她說，廢話嘛。大家走了，只剩我們兩個。

她深吸一口氣，柔情萬分看著我，說，哇，酥爆了。我一聽，心都碎了，酥爆了是我們的私房話。在**隱私油布篷**裡面，在甜美的私密時刻，好運多到數不清，因爲，小鮮肉的我們，身體標緻到不行，我們有時候會喊酥爆了。這句話來自秒格38492酥爆客口香糖，男模嚼一嚼，吹出一個酥爆了的泡泡，吞掉整個城市，結果城市往上飄，飛向火星。

在這一刻，卡洛琳的熱淚嘩嘩流下來，我也是，因爲，一直到這一刻之前，我還以爲，我們日子過得很美滿。

小強，求求你，她說。

我眞的做不出來，我說。

我說的是眞心話。

我和她，默默坐著不講話，她雙手握著我雙手，就像秒格87345裡的肯德基桑德斯上校和老婆那樣。他因爲拒絕交出KFC海地風味迷你雞胸食譜，被判刑入獄。然後，卡洛琳說，我不是故意罵你小白兔，我聽了，學兔子縮一縮鼻子，逗她笑。

不巧的是，企業手冊裡面，顯然有規定私密對話的時限，因爲，警衛凱爾和布雷克進來了，卡洛琳猛親我，像是想盡量記住我的嘴似的。她悄悄告訴我，改天過來找我。

然後，她被帶走了，不對，應該說是，警衛被她帶走，因爲，她走的好快，遙遙超前，兩個警衛小跑步，才跟的上。她穿著 Kenneth Cole 靴子，大聲叩叩叩走著。順便提一下，他們不准她穿走那雙潮靴，因爲在同一晚，我去挑選睡衣褲的時候，發現同一雙靴子回到**團體衣櫥**裡面。

她走後，每天夜裡，我獨自在我們的**隱私油布篷**裡躺平，裡面只剩她的指甲剪，和她那隻名叫左撇子的絨毛玩具狗。白天，司利本讓我翹班，坐在大家垂鹹的靠窗位子，一坐就好幾個鐘頭。我只翻看著影像，或是多工翻看著許多影像，身邊的男孩女孩都在做**評估**，各個都有笑容，因爲，他們現在還是每天鏈接兩次輝安劑®。我坐著遐想卡洛琳穿著藍袍獨守在**習者中心**，一面塡寫**因公影響情緒問題通知書**，希望能提高鏈接次數。司利本每次都批准，因爲，他也爲我感到難過。

輝安劑®很靈，每次鏈接都能讓心情好轉，只不過，不久後，我發現，一天鏈接

八、九次的人，時時刻刻好快樂，可惜那種快樂，像嚼錫箔紙。一旦，爲了追求那種快樂而生活，一個人即便非常非常快樂，都樂到快哭了，不久後，照樣會覺的，不夠快樂。場所裡的布幕，用圓形金屬鉤掛著，造型好美，美的讓人有一股強烈的願望，想再更快樂一點。所以，我強迫自己，遠離那些美麗的布幕鉤，抖著手，再塡一份**因公影響情緒問題通知書**。快樂層次再攀升之後，由於場所裡的東西不夠看，坐在大家垂鹹的靠窗位子的我，會開始身不由己，胡亂叫出Nike那支**巴比倫天空花園**（秒格89736）。儘管天空花園很美，你還是覺的不夠看，所以從秒格22314翻找出幾個**細緻秘密**性感內衣模特兒，把Dole牌的柳橙和香蕉掛到樹上（秒格76765），幫Crest的秒格74638增添明亮的滿天星。從躍適®抗過敏藥提供的**嗅味覺**，你幫空氣增添茉莉花和沒藥的香味，結果還是覺的不夠美，所以，你在**結尾**眨一下，再塡一張**因公影響情緒問題通知書**，最後，終於有一天，多芬先生來說，藍迪，小強，你最近怎麼稱呼自己，隨便你，有兩、三件事跟你溝通。第一，我們最近覺得，你陷入一種個人的困境，所以我們想縮減你的輝安劑®，退回到一天兩次，和其他人一樣。還有，請不要再佔靠窗位子了，我們從今以後禁止你。另外，我們想安排你，加入其他**任務團隊**，因爲依我們見解，閒散的心是邪魔肆虐的沃土。最後，既然你恢復單身了，我們認爲，比較公平的作法是請你讓出雙人**隱私油布篷**，你最好回去男孩區歸建。

因此，那天夜裡，我回到男孩區，那裡有魯迪、藍斯、傑森和其他人，他們對我很好，和往常一樣。傑森找去年耶誕會的**靜止相片**，透過十號電線跟我分享幾張，裡面有卡洛琳從背後抱我的照片，小萌臉從我腋下鑽出來，我看了，不禁回憶，耶誕會後，我們在**隱私油布篷**裡玩遊戲——誰扮演什麼角色，不干你鳥事——相信我，那一夜値的回憶，我們坐在大家垂鹹的靠窗位子，半夜觀看雪花飄落，緊緊挨著對方，因爲，我們不得不離開油布篷，出去透透氣，也因爲，兩人都有點痠痛。

回想到這裡，現在又單獨睡在男孩區，我更覺的煩躁傷心。

滾動牆被拉出來，分隔性別區，我注意到，縫隙被修好了，多了五根金屬棒，再也沒人能鑽進鑽出。男生只能把嘴巴湊向以前是空隙的地方，祝女生晚安，她們也會從各自的油布篷裡，嚅嚅祝男生晚安。

我例外，因爲，女生區沒有人値的我說晚安，因爲，她們全像我的姐姐妹妹。

那絕對是我這輩子目前爲止最難熬的時光。

後來，有一天，大家趴著玩 GameBoy 新構想的匈牙利砍頭族遊戲：母親在菜園裡種人頭，遊戲者拿著鐮刀負責收割。我玩著玩著，一個人影籠罩下來，原來是司利本先生。他的影子，搞亂了我的視頻，害我收割了三個還沒成熟的頭，不過，司利本對我投射影子的原因是，他剛接到一封信，是卡洛琳寄來給我的！

我緊張兮兮拆信，拆開之後，甚至更緊張，因爲，裡面寫著奇奇怪怪的字，我看不懂，寫的像，有人把一隻筆勾在鳥的後腳，然後叫小鳥，在這張紙上面亂跑一通，我幫你寄信。我看不懂的部分，更令我困擾，例如，她亂寫著：小強，修道院是一個小灣，一個峽谷，裡面有滿心祈禱的人一生全天不講話走來走去他們確定一件事就是產品的長期穩定性我們不只力挺產品還頂著產品跑冒險有什麼不好的即便冒的險長著角也長著蹄面對一萬名叫好的支持者是你最畏懼的事也是你成爲人上人的最後機會？

幸好，謝天謝地，字又變回鳥亂跑亂寫的東西。

我想起她墨鏡掛頭上，穿著 Hilfiger 小可愛，玩著交叉塡字遊戲，模樣既性感又聰明。我想起第一晚，在她的**隱私油布篷**裡，她全身只穿 La Perla 小褲褲，**出場**燈穿透薄薄的藍色油布，照進來，她扁平的小腹，和一點也不扁的胸部，和風騷的微笑，全變成藍色，然後，一轉眼，我覺的自己是，全世界最欠揍的驢蛋，因爲，我幹嘛跟她分手？這感覺，就像猛然清醒！她是我的，我是她的，她苗條又可愛，現在，卻獨自在**習者中**

心吃苦，而且脖子，多了一個血淋淋的洞，怕的直發抖，還懷著我們的寶寶，跟那麼多恐怖的顫抖人相處，他們脖子上，各個都有個血淋淋的洞，沒有人像我這樣瞭解她並愛她。我對她做了一件痞到底的歹事，還一直以爲於情於理說的通，因爲，人腦就是這樣，神智在的時候，什麼道理全說的通，不過，後來再回頭看，人有時候會暗罵，我的行爲跟豬腦袋半斤八兩！

後來，布萊德走過來，對我說，老弟，該鏈接了。

我聽了說，拜託，布萊德，這次別拿鳥事來煩我。

我去找司利本，可惜，他正在吃午餐，我只好去找多芬說，多芬先生，我在此申請**出場證**。

他聽了說，藍迪，拜託你別嚇我好不好，不要輕舉妄動嘛，去看看窗外風景。

我看一眼，老實說，沒什麼看頭。我看到村趣公寓，每天早上，有幾個垂頭喪氣的人，拖著腳步走出來，身上穿著全世界最單調的非名牌衣服，坐進破爛車子。有人喜悅的向他們吻別，說著，等你今晚回家，我會獻身好好犒賞你。有這種事才怪。應該喜悅的吻別的人，其實在大吼大叫，或者在抽菸，或者是邊抽菸邊大吼大叫。下班後，男人回到家，在門階坐下，手撐著頭，好像整天上班都挨棍子敲頭，被罵混帳。

然後，多芬先生說，藍迪啊，藍迪，像你這麼有才華的年輕人，怎麼會想放棄自己對全球的影響力，怎麼會想變成牛群裡哞哞叫的一頭牛？外界有多少人尊敬你、仰仗你，你知道嗎？

他說的沒錯。因爲，有時候，村趣公寓裡的小孩會過來，站在我們的熔岩上，舉著**趨勢領跑者與品味創造者**口香糖卡片，按在窗戶給我們看，我們會向他們招招手，或擺一擺口香糖卡片上的姿勢，給他們看，他們會興沖沖的衝回爛公寓，八成是告訴媽咪說，剛剛看到正宗的、實體的我們，很可能接下來幾個禮拜，都會爲了這件事得意忘形。

不過，我一想起卡洛琳寫的像鳥腳畫圖的信，不曉的怎麼的，腦子突然斷掉一根筋，感覺像身體明顯歪一邊，嘴巴脫口而出說，不要，不要，不要，求你把該死的出場證給我，我提出要求了。我們一提出要求，照規定，你們不是一定要回應嗎？

多芬聽了好受傷，說，是的，藍迪，你提出要求，我們就必須回應。

多芬叫其他協調員過來，說，賴瑞，你的小小朋友剛要求出場證。

賴瑞·司利本聽了說，唉，可惡。

多可惜啊，德拉寇特說。這孩子好優秀。

安竹斯說，在這裡比他優秀的沒幾個。

是眞的，因爲，我贏過五次**合作精神獎**，有一次甚至榮獲**丹尼・歐馬利獎**，丹尼本來是伊利諾州芝加哥的一個評估員，十歲就被血友病擊倒，臨終時臉上還掛著笑容。

賴瑞・司利本說，你們怎麼想，我無所謂，我只認爲，沒勇氣的人還做不出這種事呢。他想去追隨妻子。

對，也不對，德拉寇特說。賴瑞，如果你從屋頂滾下去，我看了也陪你滾下去，這算幫什麼忙？

可是，我又不是你老婆，司利本說。而且是懷孕的老婆。

德拉寇特說，不管是不是老婆，不管有沒有懷孕，這兩人都跳樓，情況好不到哪裡去，兩個都被摔碎了。實際算，被摔碎的應該有三個。

對，胎兒算一個，安竹斯說。

對，胎兒確實算一個，德拉寇特說。

司利本說，不過，天下沒有不可能的事。他們兩個湊在一起，他們一家三口，說不定能打拚看看——

賴瑞，你到底是站哪一邊？多芬說。

我哪一邊都站，司利本說。

你看待這件事的視角很多元化，安竹斯說。

德拉寇特說，總之，這是學術問題。他既然已經要求出場證了，我們就一定要提供給他。

多芬說，他可憐的母親爲她做了這麼大的犧牲，結果卻如此。

司利本說，拜託你行不行。他的母親。

多芬說，賴瑞，抱歉，你剛說什麼？

司利本說，分給他的母親是哪一個？

德拉寇特說，賴瑞，請你去會議室六的**品味並評分**，看看他們在起司魔杖方面的進度如何。

賴瑞·司利本說，我們分給他的母親是哪一個？是烘培派的紅髮媽媽？還是花園裡的金髮媽媽？

多芬說，講良心話，賴瑞，你亂了分寸不成？

司利本說，或是祈禱中的棕髮媽媽？她放下祈禱書時，照她們所有人的台詞說：你乖乖呆在那裡，要專心，知足過日子，增產報國，媽媽也會跟著高興的。是不是這一個？

安竹斯說，賴瑞最近工作太賣力了。

德拉寇特說，而且還服用不是開給他的藥物。

司利本說，我受夠了。說完，他重重踏地前往觀察室。

多芬說，哈，那個賴瑞啊！他根本不知道你母親是誰，藍迪。

安竹斯說，我們知道。

德拉寇特說，她是個心地非常善良的女士。

多芬說，派烤得好香。

我說，你們以爲，我有那麼笨嗎？我看的出事情不對勁，因爲，我媽在我的私人**記憶環**裡對我講的話，司利本怎麼可能一字不漏背出來？

話一講完，全場好久沒人開口。

然後，德拉寇特說，藍迪，你很小的時候，想法像小孩。你知道我講的是哪一段嗎？

我的確知道是哪一段，是 Trojan 環紋保險套秒格 88643。

他聽了說，嗯，你現在長大了，你是男人了。是個正要踏錯一大步的男人。

多芬說，我們原本希望事情不會演變到這種地步。

德拉寇特說，請跟隨我們進**場所戲院**。

所謂的戲院，是飯廳旁邊的一個房間，裡面有個大螢幕液晶電視、Pottery Barn 眞皮沙發、豪華型 Orville Redenbacher 魔術爆米花機。

大螢幕跑出一個像舊片子的影片，裡面有個相貌普普的年輕女子，頭髮髒髒油油的，正在抽菸，住家環境看起來相當落魄。

鏡頭外面有個男人說，好，以妳的說法告訴我們確切原因。

女孩聽了說，喔，我也說不上來啦，因爲，我和孩子的爸的關係吧，我對寶寶的興趣不是很高。

鏡頭外的人說，好的。錢不是原因嗎？

她說，喔，當然是，對啊，錢總是用得著嘛。

鏡頭外的人說，不過，錢並不是主因吧？照規定，錢不能列爲主因。妳的主因可以是，例如，妳渴望給孩子過更好的日子？

她說，可以。

然後，鏡頭往後退，畫面出現用厚紙板遮掩破窗的情景，流理台上擺滿髒盤子，院子裡有一輛車子被架在磚頭上。

鏡頭外的人說，對於條款和規定，妳沒意見嗎？妳從頭到尾讀過一遍了吧？

女孩說，都可以。

鏡頭外的人說，妳讀過嗎？

她說，讀了裡面的東西。好啦好啦，去你的，我從封面讀到封底了。

鏡頭外的人說，妳對改名也沒意見？

她說，可以。只不過，爲什麼改成藍迪？

鏡頭外的人說，對於「不許探視條款」，妳也沒意見？

她說，可以。說完抽一大口菸。

然後，多芬敲牆壁兩下，影片暫停。

多芬說，藍迪，你知道那女士是誰嗎？

我說，不知道。

他說，你知道那女士是你媽嗎？

我說，不知道。

他說，嗯，那女士是你媽，藍迪。很遺憾以這種方式告知你。

我聽了說，好冷的笑話，那才不是我媽咧，我媽是美女，紅頭髮在頭上紮成一包。

德拉寇特說，藍迪，我們承認好了。在你們其中幾個人的**記憶環**裡，我們加了一些美化版的母親，是爲了你們好，不希望你們見了親生母親而產生自卑感。不過，現在正值危機，我們非直截了當告訴你不可。藍迪，那位是你的親生母親，你以前眞的住在那個家，本來會在那棟房子裡長大，幸好你母親多年前看了我們的廣告前來報名，才有今天的你。硬性的人生路太多條了！命運之神的力量太大了，如果沒有像我們這種單位出手干預，如果不以我們的資源拉你一大把，你一定打不贏。這些年來，我們憑良心在你身上投注了不知多少資源。你是王子，拉拔你成爲王子的人是我們。請不要再墮落成糞土。

多芬說，藍迪，請你再三考慮。睡一覺再看看。

德拉寇特說，你願意嗎？你至少考慮一下再說吧？

講老實話，我被影片裡的我媽嚇歪了，感覺像我站的地基垮了，像Advil止痛藥LI83743那樣，男主角家的地基垮掉了，他一頭栽到地獄的地板，所以需要來一顆

Advil，撒旦是有幾顆，但不分給他吃。

所以我說，我會考慮看看。

多芬走之前，解除暫停，我能慢慢注意看影片裡的很多東西，例如，女主角滿口亂牙；例如，我的下巴和她很像；例如，我們家的狗被她取名「拉屎機」——狗取這種名子太胡鬧了吧；例如，影片播到一半，有個小寶寶被鏡頭特寫，寶寶只包著尿布，坐在地板上，渾身髒兮兮，看起來有點笨，而我一眼就看出是我。

晚餐前幾分鐘，多芬回來了。

他說，藍迪，你要求的出場證辦好了。你還想要嗎？

我說，不知道。我不確定。

多芬說，聽你這麼說，我太高興了。

他從**外燴部**找東尼來，煮了香噴噴的大餐，有法式普瓦夫爾牛排，有平日的起司拼盤附亞爾薩斯橄欖，印著我名子的杯子裝著奶昔，看著大螢幕播放著我從小就最愛看的《夕陽驚悚家園》。就寢時間到了，沒人過來催我，讓我能盡情熬夜。

那天深夜，我睡在**隱私油布篷**裡，有人爬進來吵醒我。我按 Abercrombie & Fitch

小夜燈一看，發現來人是司利本。

他小聲說，藍迪，這整件事幕後，我也有一手，我非常遺憾。我只想說，你一直是個好孩子，打從第一天就是。事實上，有時候，我覺得你比我親生兒子更親，卡洛琳也一樣。她是我這輩子無緣生的女兒。

呃，對我講這麼私密的話，我不知道該怎麼回應才好，何況，他等於是趴在我身上，他呼出來的酒臭味，我都聞的到。我們宗教課常教，如果遇到身心不舒服的事，應該直接開口講出來，所以我直接開口講，司利本先生，你趴的我很不舒服。

他說，什麼現象讓我不舒服，你知道嗎？可憐的卡洛琳整天蹲在**習者中心**，挺著大肚子，被嚇得半條命都快沒了，你卻在這裡好吃懶做。藍迪，每個人只有一顆心。我一想到，可憐的卡洛琳下場那麼不堪，我的心都碎了，你怎麼能怪我插手管閒事呢？藍迪，你信不信任我？

司利本一向對我很好，教我好多東西，例如，教我打威浮球和伏地挺身，有一次甚至搬進來一個大水槽，教我和艾德和喬許釣魚，所有人笑哈哈，在地上摸魚，好好玩。和魚相關的幾個秒格，在我們腦海浮現時，我們會出現不自主性的暫時失明現象，所以，魚一被釣出水，馬上落地，害我們滿地找魚。相關的秒格有哪些：例如，Stouffer's

牌的微波爐冷凍魚餐（LI38322）裡會講人話的鯨魚，例如，秒格83722裡耶穌做的魚和長麵包，結果有個男人說，主啊，這麵包烤的太乾了，你能不能變出一點ButterSub仿牛油？

我說，我信的過你。

他說，好，跟我來。說完，他爬出我的**隱私油布篷**。

我們穿越交誼室，通過外燴部。我從來沒到過這麼遠的地方。不久，我們站在一個門前面，門上註明：「警告　無場所人員陪同禁止開門」。

司利本說，藍迪，門裡是什麼，你知道嗎？

我說，不知道。

他說，打開看一看。

司利本大手一拉，把門打開，臉上的笑容像**破天荒寵物.com**的秒格98732裡，在耶誕節早晨，母親在客廳掀開桌布，下面竟然有一隻活生生的馬，正在嚼地毯。

我向外望，不見高牆，不見地毯，沒有天花板，只見草坪和花朵，上面是一片寬廣的黑色天空，佈滿星星，讓我看的有點頭暈，因為，我和景物之間，沒有玻璃的隔閡。

然後，司利本以非常輕柔的手勁，推我出去。

望著窗外是一回事，到了眞的**出場**的時候，那種感覺非常震撼，而且很丟臉的是，我忍不住趴到地上賞花，我看上的這一朵，觸感像蠶絲，像那件我好像永遠預約不到的Hermès夾克的質料，預約不到是因爲，它一直被范斯霸佔。不同的是，這朵花比夾克更棒，因爲，花瓣非常光滑，而且，結構有層次感，外層是黃色，白色的內層形狀像鐘，白鐘裡面，還有十五個（我數過）更小的鐘形，紅紅的，每個紅鐘裡面，還有更小的橙色孿生鈴鐺的組合。

我看了心想，不會吧，誰想的出這種鬼東西？雖然，宗教課教過，我明知道是上帝的傑作，但現在的我，比以前更覺的上帝很神，他或她如此有心，居然能變的出這些花樣。

同樣令我驚奇的是，趴在地上的我，能慢慢的觀察青草，一片一片的觀察！我發現，每個草葉各自完全獨立成一格，不像我從小以爲是，每片都長的一模一樣，因爲，以前我每次看草，都是坐在大家垂鹹的靠窗位子，望村趣公寓。現在看到的草，每一個葉子都有縱冠的直線，造型特殊，有些葉子比較寬，有些黃黃的，有些上面甚至有小洞，我猜是被小蟲子咬穿的吧？

讀到這裡，各位應該知道，我有時候喜歡開玩笑。在我的**年度評鑑**上，同儕一向把「幽默感」列爲我的「主要優點」之一，話說回來，我講一句嚴肅的話，假如我能活到一百萬歲，我永遠也不會忘記，我在門外這個超屌院子裡，見到和體驗到的東西。

司利本說，很了不起，對吧？站起來吧，我介紹你看一個更棒的東西。

我站起來，見到一個外形平淡，穿藍袍的人走過來，我的頭一個想法是，好醜喔，頰骨那麼出色，怎麼不上上彩妝，強調一下嘛。還有，那頭軟趴趴的悶頭髮，怎麼搞的嘛，妳沒聽過Bumble & Bumble的乳漿隆髮劑嗎？

這時候，她喊我名子。

不是藍迪，而是我的本名小強。

我這才震驚地發現，我的天啊，這個珠黃的苦情妞，是我的卡洛琳。

哇，她的肚子變的更大了。

然後，她伸手摸我的臉，動作非常輕柔，對我說，拭目以待的時刻終於結束了，今年新款Taurus遠遠超乎這片窮苦農牧社區原本就高的期望。

我聽了說，卡洛琳？

她聽了說，母子在海濱團圓，情境何其美，母子近期不會再被拆散，我們只能說，阿門，再開一包脆片，在臉上塗薄薄一層，就能消除歲月蹂躪的軌跡。

說完，她擁抱我，這時候，我才看見原本是**龐碟**的部位，有一個血盆大洞。

不過，說句老實話，即便是脖子的大洞塗了膚覆膏，素顏，挺著大肚子，她的模樣依然漂亮，像有人在她體內點亮一盞明燈。

我猜，秒格23005講的有道理，人生充滿反諷式的驚奇，比基尼女主角塗上防曬油之後，馬上爆發核子大戰，她喝一口飲料，沒想到她已經被烤的脆酥酥了，因爲，我出場這麼久了，沒有一個秒格浮現腦海，彷彿我的思路堵塞了，或暫停呼吸，但現在，轉眼間，花朵的秒格紛紛湧現（因爲我剛見到眞實世界裡的花），例如，拍立得裡會講人話的大雛菊（秒格10119）；例如，小孩摔破一罐蘋果醬，機車媽媽不但沒發飆，見兒子送她一朵向日葵，整個人都樂瘋了（秒格22365）；例如，鏡頭拉近一點，發現「輝瑞」的大字是用一朵朵玫瑰排成的（秒格88753）；例如，在秒格73486裡，鏡頭從上空掠過滿地野花，來到一輛停在懸崖邊的Acura Legend，旁白說，「人人都有權入主個人專屬的樂土。」

我眨眨眼，點選暫停，影像卻不暫停，我眨眼叫它結尾，影像卻不結尾。

接著，青草的秒格出現了（因爲我剛見過那塊草坪），例如，有個想種草的老頭一面播種，一面不停偷瞄正在做日光浴的美女鄰居，結果春天來了，只有一小塊地有草長出來（秒格 11121）；例如，Grey Poupon 芥末醬秒格 76567 裡，有個綿延不絕的草坪，延伸到一個豪宅；例如，秒格 00391 裡，草葉子見除草機壓過來，紛紛嚇的慘叫，仔細一看，才發現是 Toro 牌的除草機，大家紛紛戴上慶祝會的帽子。

司利本說，藍迪，你聽得見我嗎？你看得見卡洛琳嗎？她在這裡等你，等了一個鐘頭。等你期間，她想去哪裡就去哪裡，喜歡什麼就看什麼。她現在正在做什麼？她只是在享受夜色。

司利本說的沒錯。在我縮脖子、眨眼點選結尾的空檔，我隱約見到她翹著腿坐我旁邊，不縮頭也不眨眼，只是在月光下表現的美美的，臉上有一種深切關懷我的表情。

司利本說著，藍迪，你可以擁有這一切。這世界，這女孩！

然後，我大概是暈了。

因爲，我甦醒過來後，坐在門前，門上寫著：「警告 無場所人員陪同禁止開門」，出場證擺在我大腿上，所有的協調員站著包圍我。

多芬說，藍迪，這位賴瑞．司利本聲稱你想出場。眞有其事嗎？你是否眞的要求出場證，然後把出場證摔到他身上？

我說，對，是的。

就這樣，我被他們趕到**切除部**，有個名叫薇薇安的護士說，歡迎，請站到屏風後面，脫光衣褲，然後穿上這件。

我聽話拉下 Calvin Klein 卡其長褲和襪子，脫掉 Country Road 襯衫和 Old Navy 平口內褲，穿上可怕的藍袍。

司利本挨著門說，祝你萬事如意，藍迪。我會爲你祈禱。

薇薇安說，出去出去出去。

然後她給我一份**病人同意書**，第一個問題是：病人是否明瞭手術後頭腦機能可能遞減？

我寫，是的。

下一個問題是：病人是否准許愛德華．肯頓醫師施行與龐碟摘除術相關的所有手術，包括但不限於斷絕電子線路、移除疤組織、強勢動能術（爲徹底終止龐碟，視情況而定）、縫合，以及術後萬一傳統清洗法無效，可否使用 Foreman 眞空清吸機？

我寫，是的。

從禮拜三起，我就已經來這裡等肯頓醫生了。他去參加婚禮。

我想感謝薇薇安讓我填表，感謝司利本先生填補我沒有父親的空虛，感謝卡洛琳對我不離不氣，也感謝肯頓醫生，條件是他開刀不能出差錯。

（哈哈，肯頓醫生，跟你鬧的啦，即便你出什麼差錯，我知道你盡力就好。只不過，拜託拜託，不要出差錯啊，哈哈哈！）

昨晚，他們准許卡洛琳從**習者中心**傳眞給我，上面寫說，我的模樣即便大不如前，也不是蘋果推車上最聰明的一顆蘋果，但你要相信我，有朝一日，我將再度烘焙九十二個派。

我傳眞回應，不管妳怎樣，我都無所謂，我很快就能和妳重逢了，要注意找我喔，我是那個脖子有破洞、頭常撞到東西的那一個！

她傳眞回應，不管怎樣，至少我們從今以後能過新生活，過著普世夢寐以求的生活，活的自由自在，有樂趣也有恐懼，我建議讓我們心中興奮的氣球往上飄吧，越飄越高，飛到眞實生活的境界，永遠不會有人禁止我們！

我寫說，我愛妳。

她寫說，我也愛你。

我心裡想，這滿不錯的，輕鬆簡單，而且帶給我希望。

因爲，說不定，我們辦的到。

說不定，我們能變成正常人，晚上能坐在門廊上，在我們自己的家，像秒格 87326 那樣，有個正常的媽媽在打毛線，爸爸在彈吉他，小小孩拿著**學語拼音器**，非常用功練習著。我和她講話時，每一句話都清清楚楚。我和她如果決定看星星月亮的話，也不會想起秒格 44387，腦海不會浮現月亮低頭對男主角皺眉，因爲，男主角躲在穀倉裡吃 Rebel Cornbells，而不是高聲宣示他**鍾愛零食**。我們也不會想起秒格 09383，裡面有隻送子鳥，穿過幾顆掉淚的星星，星星在哭是因爲，即將誕生的寶寶是未來的 Mountain Dew 汽水男主角。我們不會想起秒格 33081 裡的外星人從天而降問，肉桂捲到底是什麼東西？

至於我們會想什麼？我不知道。每當我想到我們將來會想什麼，腦子裡總是一片空白，心裡好害怕，怕到**周邊區**有綠光一直閃，好像我灌了太多汽水似的，不過，講句老實話，我很好奇，我認爲我已經做好縱身一試的準備。

II.

他們將試圖滲透吾人的情緒世界，要求抹清至親與仇家、朋友與敵人、鄰居與陌生人之界線。他們將以平等之名，否決吾人自清之權利。倘使吾人大聲爭和平，他們將否決吾人不擇手段捍衛至親之權利。在公正無私的假象下，他們將要求吾人棄絕所有傳統、親友、部族、甚至國家之觀念。然而，吾人豈是牲口，豈能被迫無視豐富之眾生，豈能被剝奪自清之特權，豈能對愛死心，被禁止行使好惡權？

——伯納·艾爾敦，別名艾德《新國家任務集》

第三章：敵我的界線一定要徹底劃清楚

我提議的憲法修正案

泰倫斯・拉克曼先生
賓州利得維爾 13245
《利得維爾信使觀察家報》

親愛的拉克曼先生：

欣然拜讀你最近的文章，願藉本信針對此一難纏議題呈現我的觀點。我認同你藉文章陳述的所有見解。和有理智的所有人一樣，我也反對同性婚姻，支持修憲，嚴禁同婚。

老實說，爲維護道德觀，我認爲我們有必要更上一層樓，所以我想藉此提議增補一項憲法修正案。

在我居住的城鎮，我時常觀察到一種現象，姑且稱之爲**類同性婚姻**。舉例而言，我有一位朋友K，他身材纖瘦，後腦勺紮著一條馬尾。K的妻子是S，身材高大壯碩，頭髮短到不能再短，幾乎理成平頭。每見妻子S高高站在K身邊，K把玩著自己的馬尾，我常不禁懷疑，奇怪，這個略嫌女性化的男人怎麼會娶這個略嫌男性化的女人？從心理層面來看，K難道沒有一小股潛在慾望想和男人結婚而欲蓋彌彰嗎？同樣地，從心理層面來看，S難道沒有一小股潛在慾望想和女人結婚而欲蓋彌彰嗎？

然後我自問，這真的是上帝的旨意嗎？

我舉另一個例子。我有一名朋友L，女性，嗓門低沉，聲如洪鐘。我常不知不覺斜眼瞄她丈夫H。雖然H基本上相當男性化，不像K，既沒有馬尾，也沒有女性化的翹臀，但我仍懷疑：H啊，你在和L行房時，她以她那低沉近男音的嗓門聲如洪鐘喊你，而你繼續和她行房不中斷（換言之，你沒有「被澆一頭冷水」），這豈不暗示H你事實上依然「興沖沖」？這難道不就表示，在心理層面上，H你有一小股潛在慾望想和男人做愛？

另一個例子是友人T，男性，陰莖小不點。（我和他上同一家健身房。）他妻子是O，姿色平平，懂得修車術。我懷疑的是O。她對車子懂得未免太多了吧？她能忍受這個不會修車、陰莖小不點的男人，這難道不表示在心理層面上，她不介意和女人結婚，因此說不定她實質上有那麼一點點蕾絲邊？

至於她先生T呢？在健身房淋浴間，他拿著浴巾，自信滿滿地擦乾他的小不點，老婆O卻在家換火星塞，身手敏捷，難道這不表示，他只差一點點，就完全滿足於在夫妻關係中扮演「女角」，同樣地，他只要嬌滴滴踏出一小步，不就會開開心心和男人結婚嗎？說不定可以嫁給我的修車師傅J，他是葡萄牙裔，長相英挺。

我的感覺是，上帝造男造女，自有非常特定的盤算。無庸置疑，上帝不要男男結婚，也不要女女結婚，依我觀點，上帝更不希望女性化的男人和男性化的女人結婚。

所以我自創了**男性表徵量表**。

量表依據男性、女性各種特徵打分數，很容易判定男人的雄壯度和女人的嫵媚度，由此能判定一對夫妻近似類同性婚姻的程度高低。

我的作法如下：在男性化方面，雄赳赳的滿分是十分，零分表示是閹割男。假設有個男人得八分，他的未婚妻在男性化量表上得負六分（負十分是嫵媚到極致）。然後，我們計算男女方分數相差多少——這叫做**性別差**——得知即將結婚的這一對並非類同婚，定義是：「性別差小於或等於十分的婚姻。」

被我定義爲類同婚的朋友常問我，老肯，我們得分這麼低，你要我們怎麼辦？

我提議的一項解決之道是離婚，然後找個比較合適的另一半再婚。以馬尾男K爲例，他可以娶一個身材豐滿、嗓音高亢的美式足球聯盟啦啦隊，這樣可以大大抵銷他那女性化的翹臀。他的前妻S可以找個手臂粗壯的伐木工交往，以此來平衡她的蘿蔔腿和淡淡的小鬍子。

另一種解決之道當然比較好，就是修復現有的婚姻，從**類同婚**轉成健康的**正常婚**，具體作法是讓女性化的男方增加幾分男性化，與/或讓男性化的女方增加幾分女性化。

聽我這麼一提議，朋友常動怒。他們問，你竟敢這樣講？關你什麼事？改變這麼深遠，能說改就改嗎？

我的回應是，不容易改，但並非不可能改。

我自己很清楚，因爲我有切身經驗。

小時候，我有講話很急的傾向，雙手的動作也很多。此外，我的意見也容易動搖。語氣急促、手勢像女生的我，言論時常自我牴觸。另外，以前我是個愛哭鬼，動不動就傷心。我有一頭長長的金髮，看了自己也喜歡。我的頭髮有層次感，髮梢落在肩膀上。我承認，小時候路過櫥窗，有時會放慢腳步欣賞自己的頭髮！以前我常有一種奇異的感覺，慶幸自己活著。這種未來無限光明的感覺有時害我獨處時呵呵笑，甚至有幾次樂得當街跳著走——是眞的走走跳跳——然後停在櫥窗前，漫不經心撩一撩我那頭美美的金髮。

說句老實話，假如男性表徵量表在當時被我發明出來，童年的我得分一定高不到哪裡去。我的分數可能會娘到爆，一定會被禁止娶我老婆。她是我今生的最愛。

現在回想起來，童年的我心中有數。

我明白自己太娘了。

所以我怎麼辦？我有到處訴苦嗎？我埋怨給誰聽了？我有沒有指望改革派法官挺我，對著體系動手腳，以順應我的特殊性？

我才沒有。

我的作法是自我改進。我認爲美國典型的國民運動是自我改善。我毅然決然從自身做起。我自拍講話的模樣，仔細研究，假以時日成功訓練自己放慢言語，同時幾乎再也不亂動雙手。現在，如果你見到我，你會觀察到，我總是講話慢吞吞，雄赳赳，愼重得要命，雙手不是深插口袋，就是擺成手肘微彎靜止的姿勢，彷彿等對方稍有挑釁的意思，馬上賞對方的臉一拳。至於我的意見，我的意見堅定不移，鮮少改變立場。想跳著走的時候，我堅決不跳著走。至於我那美美的長髮——算我命好，因爲我頭髮快掉光了。每個月，我重新計算男性表徵得分，覺得自己越變越男性化，因爲我的頭髮漸漸稀薄，腰圍漸增，曾經輕盈似女孩的身段變得穩重，我和妻子P的婚姻道德性和合法性也因此獲得保障。

我想強調的只是：我能對自己實施如此重大而上進的變革，以避免自己落入類同婚的道德性／合法性難題，爲什麼K、S、L、H、T和O辦不到？

發現自己是類同婚的同胞們，我懇求你們一個字：改。如果你是個女性化的男人，改得男性化一點。如果妳是個男性化的女人，改得女性化一點。如果妳的脖子粗，腳步沉重，或者對稍嫌蒼白而嬌嫩的男人有一絲絲好感，務必摒除那份感覺，務必秉持自我糾正的精神，盡量把脖子變細，腳步變輕；如果你覺得有幫助的話，多看一些陽剛裸男的影片，以便重新自我傳授異性相吸的原理。如果你是男人，如果在住家附近的雜貨店，迎面走來一個運動神經發達的粗腰妹，姿態接近男性，你想像自己和她激情擁抱，坐進你的車子，而你的車子就停在店外，在你想像中，車裡忽然充滿她那青春氣息——如果眞的是這樣，趕快停止想像！你到底是不是男子漢？

以我個人而言，我對現今的局勢看不順眼並且厭倦。越來越多人和性別等於是相同的人結婚，我們卻放任這一種人佔盡國民性本善的便宜，任憑世風日下。如果這股歪風持續下去，不消幾年，K、S、L、H、T和O這種人將在美國市鎮滿街跑，到處約會、談戀愛、結婚，和他們選擇的對象廝守終身，藉此來「堅守權益」。

以我個人而言，我不肯坐視這種現象發生。因爲，再坐視下去，情況會變怎樣？美國將肉慾橫流，陷入無政府狀態。全國將充滿任性的人心，人人都想左搶右奪，想拿什麼就拿什麼，完全不關心象徵理想的外在形式。

我想存在的世界並不是這一型。

以我個人而言，我打算改得比現在更雄赳赳氣昂昂，享受我的黃昏歲月，看著妻子變得更加女性化，彼此留意對方是否有一丁點男不男、女不女。

至於我們的子女G和M，他們長大以後，萬一開始展現體內殘餘的些許異性特質，老婆和我將充滿愛心地拉他們到一旁，一一指認他們無意間顯示的缺失。

如此一來，一家四口將能改進得盡善盡美。

如此一來，人類將能繁衍不息。

肯・拜倫敬上

13246賓州利得維爾
戴爾頓巷115號

紅色蝴蝶結

隔天晚上，我去事發地點，找到她的紅色小蝴蝶結。

我把蝴蝶結帶進屋裡，扔到餐桌上說：我的天我的天。

麥特叔叔說，你好好看一看，我也在看。我們永遠不會忘記，對不對？

首先，我們當然是去找那群狗。原來，牠們躲起來了，鑽到——小小孩常去的那地方後面。那裡有幾個辦慶生會之類的鐵籠，裡面裝塑膠球。鐵籠後面有村民拖來堆放的樹枝樹葉，狗就躲在這裡。

所以，我們點燃枝葉，狗衝出來，其中三隻被我們槍斃。

但是，培爾森夫人見過整群，她說，總共有四隻，四隻狗。隔天晚上，我們發現逃進慕林斯淵的第四隻狗又亂咬。艾略特家的仙蒂被牠咬了，隔壁貝茲夫妻艾文和米莉養的白狗穆斯卡度也被咬。

吉姆．艾略特說，他想親手解決仙蒂，借我的槍動手，然後直視我眼睛說，請你節哀。艾文・貝茲說他動不了手，請我幫忙。但後來，他還是牽穆斯卡度出門，牽去他們稱為「廣場」的那片野地。他們常去那裡烤肉之類的。每當狗想咬他，艾文會傷心的輕輕踹一下狗狗（動作很輕，因為艾文的心一點也不壞），罵牠，天啊！——然後他說，好了，可以動手了，要我動手。我動手了。事後，他請我們節哀。

午夜前後，我們在伯恩家後面發現第四隻狗正在啃自己。伯恩走出家門，拿手電筒照牠，讓我們解決牠，他幫我們把牠抬上單輪推車，上面已經載著仙蒂和穆斯卡度。我們的計畫是——文森醫師說過，最好這樣——把我們找到的全火化掉，以免其他動物——嗯，吃到狗屍——不管怎樣，文森醫師說，最好還是全燒掉。

第四隻狗上單輪推車之後，我們家傑森說：伯恩先生，你們家餅乾怎麼辦？

伯恩說，呃，不用吧，我認為不必。

他年紀一大把，老人對家犬特別心軟，餅乾差不多是他在人間唯一的親屬，比方說，他總對著狗喊我的朋友，例如：想不想出去散步啊，我的朋友？

我說，可是，餅乾她大部分時間都在戶外。

伯恩先生說，她幾乎全待在戶外。不過，我還是覺得不必。

這時候麥特叔叔說：羅倫斯啊，以我個人而言，今晚特地過來，為的就是想確定一下。我想你應該能諒解吧。

羅倫斯．伯恩說，我能，我當然能。

羅倫斯．伯恩帶餅乾出來給我們看一下。

乍看，她好像很正常，但仔細再看，我們發現她有一種奇怪的小動作，好像電流竄過全身，狗眼突然水汪汪。麥特叔叔說：羅倫斯，這是餅乾平常的習慣動作嗎？

伯恩先生支支吾吾，呃，啊⋯⋯。

餅乾又出現電流竄過全身的動作。

伯恩先生說，唉，耶穌基督啊。說完他走進屋裡。

麥特叔叔叫塞斯和傑森吹口哨進野地，引餅乾跟著走，麥特叔叔拿著槍追上。麥特叔叔不擅長跑步，但他費了好大工夫，還是跟上了，好像他有心要好好辦完這件事。

有他在，我很感恩，因爲我身心都累垮了，再也不能辨別是非。我在門廊坐下，不久後聽見小小一聲砰。

然後麥特叔叔從野地小跑回來，探頭進門說：羅倫斯，就你所知，餅乾有沒有跟其他狗接觸過？她有沒有和其他狗一起玩，咬著玩之類的？

伯恩說，唉，出去，滾蛋。

麥特叔叔說，羅倫斯，我的天啊，你以爲我愛做這種事嗎？想想看我們的心路歷程。你以爲我覺得好好玩嗎？

伯恩沉默半晌，然後說，嗯，我只想得出神父家那條㹴犬，餅乾不繫狗繩時，有時會跑去找牠玩。

來到神父家，泰瑞神父請我們節哀，帶他家的㹴犬莫頓出來。我們觀察牠許久，沒看見牠被電到，眼睛也不會水汪汪，整體感覺就是很正常。

我說，看起來還好。

泰瑞神父說，是很好。看牠表演：莫頓，屈膝。

莫頓伸展四肢，看起來像在哈腰。

麥特叔叔說，可能沒事。不過，也有可能他已經病了，還處於早期階段。

泰瑞神父說，我們會盯緊他。

麥特叔叔說，對，只不過，這種病的傳染方式還不能確定，現階段是不是最好預防萬一，以免後悔莫及？我拿不定主意，眞的。艾德，你覺得怎樣？

我完全不知道自己有什麼想法。我的腦海反覆重演事發前後的畫面，例如她站上板凳綁紅色蝴蝶結，自言自語淑女才會講的話，比方說，嗯，誰會到場呢？現場將供應蛋糕嗎？

泰瑞神父說，這隻狗很健康，一點毛病也沒有，希望你不是暗示你想結束牠的生命。

麥特叔叔從上衣口袋掏出紅色蝴蝶結，說：神父，這東西是什麼，在哪裡撿到的，你知道嗎？

這個蝴蝶結不是我女兒愛蜜莉的紅色蝴蝶結。她的蝴蝶結一直在我口袋裡。這個蝴蝶結偏桃紅，比她的蝴蝶結略大。我認得這個蝴蝶結來自我們家凱倫抽屜櫃上的小盒子。

泰瑞神父說，我不知道那東西是什麼。是髮結嗎？

麥特叔叔說，以我個人而言，我永生難忘那一夜發生的事。忘不了全家的心情。以我個人而言，我想致力於確保大家不必再遭逢我們家那一夜的慘劇。

泰瑞神父說，我完全不反對。

麥特叔叔說，你不知道什麼東西是事實。麥特叔叔把蝴蝶結收回口袋。你真的真的沒有體驗過那種事件。

泰瑞神父對我說，艾德，殺掉一條健康沒毛病的狗，怎麼能扯上──

麥特叔叔說，可能健康，也可能不健康。餅乾是不是被咬過？沒有。餅乾是不是被傳染了？是的。餅乾是怎麼被傳染的？我們不清楚。餅乾和受感染的動物互動過，近距離接觸過，你家的狗也以同樣的方式和餅乾互動過。

麥特叔叔的態度耐人尋味。我指的是，他表現得有氣魄，值得敬仰，忽然挺身而出，因爲以前的他──我是說，沒錯，他以前當然也愛小孩，不過他從來沒有特別──我是說，他以前根本懶得跟小孩動尊口。愛蜜莉是老么，身爲叔公的他更少跟她講話。多半，他默不做聲，在我們家裡進進出出，尤其是一月他失業後，基本上是躲著我們家小孩，他可能覺得有點丟臉；他好像也知道，小孩長大後，一定不會是他這一型獨來獨往的失業叔公，而是成爲一家之主，而家裡那個獨來獨往的失業叔公……。

但是，我猜，愛蜜莉死後，他霎然明瞭自己多愛她，心裡突生一股力量──專注力，確定力之類的。看見他的改變，我感到安慰，因爲老實說，我的狀況一點也不好。我一向熱愛秋季，現在秋意正濃，嗅得到柴煙和蘋果落地的氣息，但對我來說，我只覺得天下索然無味。

這心情就像子女是一種能承載所有好東西的船隻。小孩抬頭看著你，表情好乖順，信任你能照顧他們。結果，有一夜——最讓我無法釋懷的是，當她正在被——在事情發生的那一刻，我正在——我嘛，我溜到地下室去收電郵，所以在那件事——事情在學校操場發生的那一刻，我正在幾百碼外的家裡，坐著打電郵——打電郵！這也不算是什麼罪過，因爲我壓根兒不可能知道——只不過——你懂我的意思吧？要是我從電腦前站起來，上樓去，出門，莫名其妙正好穿越操場，那樣的話，相信我，世上絕對不會有任何一條狗，不管牠再瘋狂——

我妻子的情況也一樣差。自從悲劇發生後，她不曾踏出我們的臥房一步。

麥特叔叔說，怎樣，神父？你不答應嗎？你想拒絕嗎？

神父說，我天天爲你們家祈禱。你們家經歷的慘劇是世人都不應有的遭遇。

麥特叔叔說，老兄，我也不喜歡。說著，我們離開神父家。世世代代都不應有的遭遇。

我明白他們之間的心結。他們上同一所高中，爲了同一個女生而鬧翻，據說是畢業舞會，女生在最後關頭換舞伴，傷透麥特叔叔的心。兩人好像在球場推擠一陣，還互罵幾句難聽的話，但事情已經過了好多年，是甘迺迪總統時代的事了。

麥特叔叔說，相信我，他不會好好觀察那隻狗的。就算他觀察到什麼現象，他也不會採取必要的手段。爲什麼？因爲狗是他的。他的一切都是特別的，全部凌駕在法律之上。

我說，我不知道，我眞的不知道。

麥特叔叔說，神父不明白。那一夜神父不在現場，沒有看見你抱著她回家。

老實說，麥特叔叔也沒看見我抱她回家，因爲他出去租錄影帶了。不過，我瞭解他對泰瑞神父的評語。泰瑞神父總有一絲瞧不起人的味道。他一頭波浪形的銀絲，在家裡地下室也有一組舉重器材，每天健身兩次，體魄確實非常傲人。我覺得——大家都覺得——他喜歡炫耀身材，訂購的神父衫或許都有那麼一點點太緊。

隔天，吃早餐時，麥特叔叔不講話，直到最後才說，「哼，就算我是個失業的胖子，教育程度不如人，不過，愛就是愛，追思一個人就是追思一個人。既然我今天沒什麼大計畫，你不如借你的卡車給我，我想開進漢堡王停車場，就近觀察神父家的狀況，算是追思愛蜜莉，可以嗎？」

我的那輛卡車，其實很少開——那段日子動盪得厲害，我心想，假如神父家的莫頓眞的病了，眞的想辦法溜出去攻擊別人家的——所以我說，卡車可以借你開。

星期二，整個上午和下午，麥特叔叔坐在車上，一刻不曾下車——而他平常不太有定性，你懂我意思吧？後來，星期二晚上，他衝進家裡，塞一捲錄影帶進錄放影機說，看，看這個。

電視畫面出現莫頓挨在神父家的圍牆上，像觸電似的，拱起背，又像被電到一樣。於是，我們各拿一把槍，前進神父家。

泰瑞神父說，各位，我知道，我知道，我已經在想辦法了，我有自己的打算。牠一生吃過的苦已經夠多了，可憐的狗。

麥特叔叔說，什麼鬼話？一生吃過的苦？你面對這個人，這個身爲父親的人，最近他才失去他的——你竟敢當著他的面講，你家的狗一生吃過多少苦？

呃，不過，我該說明一下——我想說的是，神父講得沒錯。大家都知道莫頓的遭遇。牠出身的地帶環境險惡，被送給泰瑞神父之前，一邊耳朵差點被削掉，而且就我瞭解，牠也有一種焦慮症，有時晚餐近在眼前，牠會因期望過度昏倒。所以，牠的日子絕對不輕鬆。

泰瑞神父說，艾德，我的重點不是莫頓吃多少苦，我也無意拿莫頓的苦相比你的——

麥特叔叔說，見鬼了，最好是不要。

泰瑞神父說，我想說的只有，我也快失去寶貴的東西了。

麥特叔叔說，悲哀啊。唉，悲哀啊，悲哀。

泰瑞神父說，艾德，我們家圍牆很高，我也用狗鍊拴住牠，牠不可能逃走。我要牠——我希望牠在這裡走，只有我和牠兩個。不然就太哀傷了。

麥特叔叔說，你哪懂什麼是哀傷。

泰瑞神父說，哀傷就是哀傷。

麥特叔叔說，鬼話少說。我會盯緊你的。

同一星期後來，聖公會教堂和十二戶複合區之間的樹林發生一件事。一隻名叫吱喳二號的母狗咬死一頭野鹿。二號體形不大，只是，你知道，抓狂了。主人狄法蘭辛尼家怎麼知道牠咬死野鹿？因爲牠叼著一根被嚼爛的前腿進客廳。

同一天夜裡——不妙，狄法蘭辛尼家的貓開始在屋裡橫衝直撞，眼球黃黃的，一度跑到一半全身僵硬，一頭撞上護壁板，不幸腦震盪。

我們這才瞭解，麻煩比我們當初的料想還要棘手。

問題是，已經有多少動物被感染了，我們不清楚也不得而知。最初那四隻狗逍遙法外好幾天，才被我們逮到，而在牠們逍遙期間，可能被牠們傳染到的動物至今也已經逍遙將近兩星期了。另外，我們也不清楚傳染途徑究竟是啃咬、唾液、血液，或者是從皮毛蹦向皮毛？我們知道狗會遭殃，照情況看來，貓也可能遭殃——我想說的是，這段時期大家不知如何是好，人心惶惶。

因此，麥特叔叔用桌上型蘋果電腦，製作幾批傳單，召開全村大會。他拍了一張紅色蝴蝶結相片（不是愛蜜莉的蝴蝶結，而是凱倫那個桃紅蝴蝶結，顏色被他P圖加深，他也把愛蜜莉領聖餐禮的相片重疊上去），印在傳單開頭。他在蝴蝶結下面寫下大大的字：對抗惡行，下面再加幾行較小的字，意思大致是，人活在世上，如果不愛親人，又能愛誰？親人被無情奪走時，大家應該團結，對抗那些威脅親人的惡勢力，以免又有人遭遇到惡行。既然見識到慘痛的教訓，民眾應該團結一致，對抗任何恐將導致類似悲劇的狀況和環境，防止目前或將來憾事重演。我們派塞斯和傑森到處去發傳單。星期五晚上，將近四百人聚集在高中體育館。

進場人手一張捲起來的、印著加深顏色的蝴蝶結的對抗惡行海報。麥特叔叔也在海報上印一些——起先我反對，後來看見村民的反應才算了——他加了幾個小小的齒痕，本意不是讓海報看起來更逼真，他說只是象徵性提醒民眾。一角是愛蜜莉領聖餐禮的相片，對面一角印著她嬰兒期的留影。在講台後面的牆上，高掛著放大版的同一張海報。

麥特叔叔令我有點意外，我是說，他的表現太——我從沒見過他的進取心這麼強烈。平日，他的大動作是出去查看郵箱，站起來搖一搖電視天線——如今，身穿西裝的他滿臉通紅，有點得意，神采飛揚——

麥特叔叔起立了，感謝大家前來。狄法蘭辛尼夫人舉起母狗叼回家的那根被嚼爛的鹿腿。文森醫師放幻燈片，展示最初四隻狗之一的腦斷層X光片。最後輪到我上台，我才講幾句，哽咽起來，幸好大家的打氣對我們意義的比天高，我勉強自己說我們有多麼疼愛她，最後講不下去。

在麥特叔叔和文森醫師合作下（他們不想打擾我），兩人用電腦草擬一套計畫，號稱**緊急三點計畫**。三點如下：一、全村牲口必須立即接受評估，以判定是否遭受感染。二、遭受感染或疑似感染的牲口必須全數立即撲殺。三、遭受感染或疑似感染的牲口一旦全數撲殺，必須立即火化，盡可能降低二手感染的可能性。

這時候有人問，「疑似」的定義是什麼？可以澄清一下嗎？

麥特叔叔說，「疑似」嘛，這表示我們懷疑，而且有正當理由懷疑，牲口確實或可能受感染。

文森醫師說，確實的方法目前仍在研究中。

同一人問，我們，或你們，如何確保評估的公正性和合理性？

麥特叔叔說，嗯，問得好。要訣在於，我們將延請思想公正的民眾評估，審核過程保持客觀，讓全民覺得合理才行。

文森醫師說，相信我們。我們知道這一點非常重要。

然後，麥特叔叔舉起蝴蝶結——其實是新的蝴蝶結，好大一個，跟淑女帽差不多大，我不曉得他是從哪裡找來的。他說：講這麼多，大家可能越聽越糊塗，但是，只要大家記住，這麼做全是爲了這個，純粹爲了這個，爲的是紀念這個，預防這個。

表決時刻到了，統計票數是三百九十三票同意，零票反對，有五人棄權（令我有點感冒）。表決過後，大家起立，向我和麥特叔叔致意——大家笑得溫馨，有些人甚至強忍熱淚——場面非常不錯，非常親切，我永生難忘，至死感念在心。

村民大會之後，麥特叔叔和郡警凱利夥同幾人，前往泰瑞神父家，不顧可憐的神父反對，處理掉莫頓——神父他嘛，他當然難過得半死，動用五名壯漢才壓得住他，畢竟他體魄那麼強壯——事後，他們把莫頓的遺體運回我們家，運到樹林邊緣，在我們火化其他狗屍的地點燒掉牠。有人問，骨灰要不要送還泰瑞神父？麥特叔叔說，何必冒這種風險呢？我們還沒排除病毒能隨風傳播的可能性。說著，他戴上文森醫師提供的白色小口罩，要大家把莫頓的骨灰耙進沼澤。

那天晚上，妻子走出臥房。這是悲劇爆發以來她首次踏出臥房。我們把最近發生的事情全告訴她。

我仔細觀察她，想看穿她的心思，畢竟她始終是我內心的支柱。

她慢條斯理說，宰掉每一隻狗，每一隻貓。宰掉每一隻老鼠，每一隻鳥。宰掉每一條魚。反對的人也一律全宰掉。

說完，她回到床上。

哇，這些話——我爲她感到難過，她徹底變了——我是說，原本她在家裡發現蜘蛛，都叫我用杯子罩住牠，帶到外面去放生。話說回來，以撲殺所有貓狗而言——我的意思是，絕對能——我是說，如果眞的宰掉所有貓狗，不管牠們有沒有病，應該能百分之百保證，全村不會再有父親抱著他的——天啊，那天晚上的過程，我幾乎都不記得了。不過，我記得一件事，就是，當我抱著她回家的時候，她的小木鞋掉在亞麻地板上，我抱著她彎腰下去——靈魂已經不在了，已經，嗯，不在她的身體裡。在樓梯，在廚房，我走過她身邊不知幾千次，也曾在家裡到處聽見她嬌小的聲音，現在我恨我爲什麼，以前爲什麼不每次都衝向她，對她道盡我——不過，父母當然不能這樣做，這樣會寵壞小孩，但是——

我想說的是，貓狗全沒了，再有父親抱著被咬死的小孩回家的機率是零。事發當天，孩子的母親也不會坐著處理繳費通知單，開開心心的，今生最後一次開心，直到她抬頭看見——我猜我想說的是，貓狗全沒了，事情發生在別人家（或又發生在我們家）的機率將降低到美麗無比的一顆大鴨蛋。

所以，我們最後的確不得不力行貓狗淨空政策。事發當時在村子裡外的貓狗一律被撲殺。

至於老鼠、鳥類、魚類，沒有證據支持撲殺的必要性，至少在當時沒必要，至今也尚未在計畫裡增列**合理懷疑條款**。至於民眾，我妻子她嘛，她變了一個人，我只能這麼說。只不過，不久後，我們發現，她那天講的話有先見之明，因爲後來我們的確實行幾項非常明確的條款，規定如何在飼主失去理性時從民宅強行移除貓狗，也包括魚和鳥類等等。另外，萬一飼主攻擊**牲口移除員**，於法也有明確的罰則，因爲的確有幾個飼主出手打人。最後，上級也發布幾條規章，明訂如何處置異議人士——也就是有些人基於任何因素，動不動公然抨擊五、六點計畫。全是一些心情太鬱悶的人。

但是，這些全是發生在好幾個月以後的事。

我經常回想起第一次召開村民大會那天結尾全場起立致敬的那一刻。麥特叔叔那次也製作了一批T恤，上面印著愛蜜莉的笑臉，表決後大家穿上T恤，麥特叔叔說他打從心底感謝各位，不只是代表家人——一家子全被這件無法想像而沉痛的悲劇打擊得不成人形，悲慟不已，復原無望。他更想代表的是我們剛透過表決所挽救的全部家庭，將來不會再遭遇到沉痛而無法想像的類似悲劇。

當時，我望著群眾，看著全場的T恤——不知道怎麼著，我深受感動，這麼多好心人對愛蜜莉感觸如此之深，其中很多人甚至不認識她，我總覺得大家冥冥之中漸漸瞭解她多麼善良，多麼珍貴，所以才以如雷的掌聲來緬懷她。

耶誕節

二十六歲那年，我窮到比窮還窮，只能回到家鄉，住在我姨媽家的地下室。我在高中追求一個女朋友，人是追到手了，但芳心一直摸不著，現在我的前途越來越不看好，她也漸漸疏離。有天晚上她告訴我：「我不是自認條件很好或什麼的，不過我還是覺得，現在的我是屈就。」

不久前，舅舅拉人情，幫我在修屋頂公司安插工作。我們這組有三個做苦工的工人，天天坐在卡車後面，頂著寒風去上工。我有兩個同事，一個名叫台雷爾，另一個是約翰，都是黑人，所以我成了這組「寄予厚望」的白人。結果，大家一見我上工時的身手，馬上改叫我「旺個屁」。我們的工作是把一桶熱騰騰的瀝青從地面搬上屋頂施工處。台雷爾有濃濃的密西西比鄉音，缺門牙。到目前爲止，他說的話我一個字也聽不懂。他守在地面拉滑輪，對著路過的老婆婆和中小學女生講粗話。約翰四十二歲，講話口氣輕柔，外型莊重，大鬍子蒼白。他自備修屋頂工具，每天帶著上工，但老大只准他搬瀝青。約翰自稱成年後一直以修繕屋頂爲業，也自稱他某天到工地，自告奮勇上屋頂，屋瓦鋪得比最高明的白人屋瓦工還棒，是憑眞本事爭取到這份工作。

「我大概是不記得了，」我們的監工瑞克說。

「你那天可能不在現場吧，」約翰說。「僱用我的人是羅倫斯。」

羅倫斯內外都像《小氣財神》裡的肥茲威，過世後大家都懷念他。

「你鬼扯個屁，」監工瑞克說。「要是你以前身手眞的那麼快，現在怎麼爛成這樣？」

「你修屋頂的本事跟我媽差不多，」老闆的弟弟泰瑞說。

「搞不好你媽是修屋頂高手，」約翰嘟噥著。

「她外行，」泰瑞說。「不過她的身手照樣比你快。」

那年整個秋天，約翰一直抱怨老大爲何不派他修屋頂，讓他沒機會一展屋頂大師的身手。他認爲修屋頂才是高尚的正格差事。

「沒道理嘛，」他常對我這麼說。「我會修屋頂啊。他們不給我機會，怎麼曉得我厲不厲害？我年紀不小了，有養家的責任，總不能一輩子一直搬瀝青吧。」

十一月下旬，話題轉向一年一度的耶誕晚會。飲食由老闆渥特提供，招待全體員工一起來喝個爛醉。也可以賭博。

「到時候，」瑞克說，「我們就知道，約翰的賭技是不是強過他修屋頂的工夫。」

「希望如此，」泰瑞說。

「以屋頂工來說啊，約翰，你該知道，你很遜，」瑞克說。「人是還好啦，修屋頂呢，遜。」

「去你的，約翰，你動作太慢了，」泰瑞說。「我們一直給你機會，全被你搞砸了。」

「不過，搞不好他修屋頂很遜的原因是，他賭技很高竿，」瑞克說。

「你們到時候會發現，我既會修屋頂，也會賭博，」約翰說。

約翰下去幫台雷爾搬桶子上車時，瑞克說，「抱歉，我講句難聽的話。黑鬼有黑鬼的想法，剛剛就是最明顯的例子。因爲他自稱會修屋頂，所以他自以爲會修屋頂。因爲他自稱賭技好，所以他自以爲賭技好。」

「小孩盡量生，生了十四個，反正有社會福利金照顧，」泰瑞說。

某一次發薪日，約翰問我可不可以讓他搭便車回家。他上車後，我才發現，我們要去的不是他家。我把車子遠遠開進南岸，路過幾棟我們修過的房子，然後沿著破敗的兩樓公寓區前進，最後進入窮到沒錢修屋頂的一區。

「我朋友他家，」約翰說。「我想給你和你女朋友一點薛曼果汁，好讓你們倆樂一樂。」

薛曼果汁是什麼？我們在店裡就開始喝，現在醉到不想問了。在廚房，在黑人民運領袖金恩博士和前總統甘迺迪互相較勁的玉照下面，一名老蒼蒼的黑人老太太坐在搖椅上，一個發神經的小孩跑來跑去，對著我嗚嗚說：「你白，你惡魔。」約翰的朋友家沒有薛曼果汁，但有一張他女友以口服務他胯下的拍立得。從他的視角拍攝的這張相片裡，除了他的陰莖外，也看得見他穿黑襪的腳。女友抬頭看鏡頭，似笑非笑。

「哇，她好正，」我客套一句。

他的朋友陪我坐下，一起欣賞她。然後，約翰帶我去別的地方。去哪裡？這次去約翰老婆的公寓。這對夫妻分開住。照這樣分開住，他們能領到比較多錢，錢多存一些，買房子比較快。老婆公寓裡有一台電視機，十四個小孩圍著看電視。約翰連珠炮似的喊他們名字，只有幾次支吾一下。

「你眞的生了十四個啊，」我說。

「是啊，」他說。「每一個都是我的骨肉，對不對，寶貝？」

「希望是，」老婆說。

公寓裡沒椅子，沒沙發，以舊報紙糊窗戶。約翰和老婆依偎在一床毛毯上。

「等我們眞的買房子了，你可以過來，」老婆說。「帶你女朋友一起來。」

「帶你女朋友來，大夥兒一起吃晚餐，」約翰說。

「希望那一天趕快來，」老婆說。

「媽的，希望那一天趕快來，」約翰說。「我不喜歡跟我的寶貝們分開住。」

聽見「媽的」，子女嘻嘻笑起來。他走過去，一個個親他們全部，我則在走廊來回踱步，自我訓話，盡量醒醒腦，因爲回家的路還很長。

只要不下雪，我們都能修屋頂。每天凌晨，我四點起床，看看外面有沒有下雪。如果沒雪，我就去上工。如果沒經驗、手腳慢的人派得上用場，渥特會找我去幫忙。下床後，沒外套的我穿上僅有的五件上衣，開著我的Nova南下，邊開車邊除冰，方法是拿著我擺在車上的刮刀，伸手對著擋風玻璃猛削。

從屋頂瞭望，市區宛如中世紀，景象優美。我在腦子裡寫詩，但用字太重，詩意全被嚇跑了：喔，芝加哥，生命之賦予者兼剝奪者，禿頭男縱橫撞球場之城，也有長髮男，有頭髮的男人，體毛森森的男人，諸如此類。屋頂上的怪事很多：一隻死老鼠、一個腳踏車輪胎、一個不知從哪一家泳池來的龍頭造型助浮器，全被凍得硬梆梆。

進入十二月中旬，依然不見雪。民房前院紛紛出現芝加哥才有的搞怪基督誕生像，例如小耶穌逃出馬槽，倚著一輛只有他半身高的耶誕老公公雪橇，半蹲做出想跳的動作，身上只包著尿布。灌木叢上掛著一串串彩色燈泡，好像是有人不爽，憤而亂丟一通。有一次，我們去一名牙買加移民的公寓修屋頂，公寓裡什麼也沒有，全是破抹布，好幾百條，有的鋪在地上，有的用室內曬衣繩吊著。沒人問爲什麼。我們臨走前，她拿出三罐減肥可樂請我們喝。

後來，耶誕晚會的日子到了。之所以有節慶的氣氛，是因爲鐵工廠裡的狗屎被清乾淨了。連狗也不見蹤影。那條雜種公狗老是吠叫不休，甚至還咬過老闆渥特。狗咬渥特，也咬渥特砸牠用的鏟子頭。有時候，我們進鐵工廠，見狗毅然決然對著工作台的桌腳一直啃，精純的恨意歷久不衰。今晚，爲了營造節慶氣息，狗被關進卡車駕駛艙，偶爾會撲撞擋風玻璃，有人見狀拿塑膠叉或漢堡麵包扔向擋風玻璃，來營造節慶氣息。節慶氣息的其他成份包括桌上一盤切片冷肉，平常扳彎的桌槽被扳直，另外也有裝滿冰啤酒的垃圾桶，以及一個撕掉蓋子的厚紙箱，裡面有幾顆骰子。

大家吃吃喝喝，領到薪水支票，拖著蹣跚的腳步穿越大草原島，去兌換現金，然後賭局開始。我對博弈一竅不通，也不想學。我把剛領到的四百元鈔票捲好，放進被瀝青沾得硬梆梆的牛仔褲前口袋，偶爾拍一拍，確定鈔票還在，不是美夢一場。

終於，我搞通金錢的原理了：有錢才不會沒面子。我想起身兼三個工作的姨媽，白吃白喝的我仍拿不出錢回饋她。我想起我女友，現在每次和她外出，都由她買單。外出？門都沒有，因爲我僅有的五件上衣全是瀝青斑，根本無法見人。

「你不賭啊，台雷爾？」瑞克說。

台雷爾回了一句沒人懂的話，開門就走。

「我懷疑，台雷爾是直接去泡馬子，」泰瑞說。

「聰明人，」瑞克說。

約翰做出賭徒討吉利的動作，拉拉袖子，對雙手吐口水，單腳原地跳一圈，對骰子吹氣。然後，他在雙骰檯旁擺出他的四百美元，對鈔票訓話幾句，叫它們勇往直前，多子多孫，去找同類，帶著同類火速回來。

這天早上，瑞克跑了一趟銀行。這時他亮出他的一捲鈔票，估計大概有三千元。他老婆不敢囉嗦他。錢是誰賺的？老子或妳？他自己回答，「老子我。」

開賭了。一個接一個，輸到不能再輸的人離開賭桌，走回工作台靠著觀戰，把玩著烙鐵。不一會兒，參賭的人只剩約翰。約翰爲什麼不肯離開賭桌？因爲瑞克一直在譏諷他。一整個秋季的冷嘲熱諷如今起作用了。被瞧不起的人無不憧憬大手筆討回面子。賭桌上的約翰正有這份憧憬。爲了回應約翰的憧憬，瑞克和泰瑞開始以假學問的用語損他。

「且看，諸君且看，」瑞克高喊，「約翰的賭術終究不比修屋頂術好到哪裡去。換言之，他修屋頂技術菜，賭術也是同等的爛。」

「你難道是說，」泰瑞接口，「在爛的程度方面，他的賭術和修屋頂術的爛法是不相上下？」

「所言是啊，我說的正是如此，醫師，」瑞克打個飽嗝說。

約翰怒火中燒。他們等著瞧吧。到時候，他們會知道，損他這麼多年，已經讓他累積了大批好運，正等著補償他，而現在正是時候，好運即將井噴，運勢神聖，衝著他而來。

他們果然等到了。不久，約翰輸到最後一百，找成五張二十元鈔票再下注，輸到剩下二十。然後，瑞克嘿嘿笑起來，約翰把最後五元丟向瑞克胸口。瑞克接住鈔票，親了一下，加進自己一大疊鈔票裡。

我腦子裡靈光一現，從此謹記在心。賭博全看資本夠不夠雄厚。瑞克可以一輸再輸，也不至於眞的失血。反觀約翰，約翰的資本一旦跌破四百，約翰就死定了。他現在死定了。

在這個節骨眼，渥特進來發獎金。

渥特是大老闆。今晚他打領帶。每天下午，他經常開著他的林肯車去每個工地估價。他也常在車上聽歌劇，因爲他說，雖然歌劇是死玻璃愛聽的音樂，他卻聽得很爽。

約翰領到獎金支票，轉身走人，我跟著出去。

「這樣就對了，」我說，「快回家吧。」

「才不回家咧，」約翰說著，踩著像機器人的雙腳，再度橫越大草原島。

「不行不行，」我喃喃說，醉得飄飄欲仙，忽然活力充沛。我是怎麼一回事？天啊，這裡是什麼地方？我爲什麼要浪擲潛力，虛度輕鬆致勝的球季，罔顧我擅長的領域，我童年擅長的領域，每玩必勝的童年？

太冷了，我的一撇小鬍鬚被凍僵。

我和他的獎金等值：每人三百。

兌支的男職員看著我們，眼光不是悲傷就是猶疑，我分不出是哪一種。我們離開後，我又折回去問，卻看見職員似乎拿著什麼，手居然伸到櫃檯下面。

「回家去吧，老兄，」我在街頭對約翰說。「你至少保得住獎金，對吧？」

「這怎麼行？怎麼行？」約翰氣呼呼說。「輸掉的錢非全贏回來不可。那筆錢是我老婆和小孩的耶誕錢，怎麼能讓那傢伙贏走？」

「你贏不回來了，約翰，」我說。

「我贏給你看，」他說。

剛才壓垮他的定律再一次壓垮他。瑞克贏了再贏。

「瑞克，瑞克，」我醉到自己有沒有開口講話都不確定。

「不然你要我怎麼辦？」瑞克瞪著我說。「他是一個男子漢，對不對？是他自己想玩的。又沒人押著他玩。」

「沒人押著我玩，」約翰說。

滿月臉的瑞克戴著黑框小眼鏡。他是波蘭裔，外表卻像二次大戰日軍的神風特攻隊。他的臉頰紅暈，鏡片起霧。在我看來，原因是他使盡詐術了。

「你不玩了嗎，約翰？」瑞克說，「『旺個屁』認爲我在耍你。不想再玩也好。賭術不如人就算了，下賭桌走人就好，對不對？」

「這裡沒人要我，」約翰說。

「聽見沒，『旺個屁』？」瑞克對我說。「約翰是個男子漢。」

「我是，」約翰說。

不久，約翰把輸剩的鈔票揉成一團，丟出最後十元。

「很公平，認了，」他感嘆一聲，垂頭走掉。

我跟著他出去。主動把我的錢分給他吧？如果我主動給，他說不定會接受。所以，我分自己的一部分給他，態度既是自己主動給，同時也表明我不想給。他說他不想拿我的錢。他不回家不行。他的寶貝們正在等他。老婆發現後，不知道會講什麼話，他自己也不清楚該怎麼對她說。

「我只好乾脆老實告訴她，」約翰說。「當面講清楚，長痛不如短痛：『寶貝，今年耶誕節泡湯了。不准妳囉嗦我。』」

他由上至下抹了一陣臉。這是我見過最悲哀的舉動。

然後，他走進橫著飛的雪花中。

我傷心但也快樂。我醉了。我深深慶幸自己不是他。

我回到晚會場地。瑞克正在自我辯護，只不過沒人要求他給個說法。

「男子漢大丈夫嘛，」瑞克說著。「坐上賭桌，輸了就要認輸。約翰是個男子漢。他自己清楚。他心裡有數。我欽佩他。」

「可是，他今年耶誕節慘兮兮喔，」有人說。

「這些人活著，就是等著過慘兮兮的耶誕節，」瑞克說。「他們全對準慘兮兮的耶誕節直衝過去。他們只懂這麼多。天生的。」說完，他把捲起來的鈔票放回口袋。

骰子桌被搬到一旁，屋頂工垂頭喝酒。有人拖一條雨槽過來，幾個人拿著鐵皮剪猛開刀，好像想證明什麼似的。

我蹣跚走出去，坐進自己的Nova車，用刮刀在擋風玻璃刮出一個視窗，開車回家。人生走到某個階段，總有輸累了的感覺，你會決定不能再輸了，結果又繼續再輸，然後決心眞的不能再輸，結果還是輸。一輸再輸，輸了好久，你會開始好奇觀望，納悶自己能沉淪到什麼境界。

那年，一整個冬天，我每隔大約一星期，行經普拉斯基街，會打附近的公用電話給菲爾德博物館。有位親切的博物館女員工曾稱讚我的履歷。

「有進展嗎？」我常這麼問。

「還沒，」她常這麼說。有一次她改口說，「我們缺一個警衛，哈哈，不過，那職位當然配不上你啦。」

「喔，哈哈，也對，」我說。

但我不禁遐想：總可以先卡位吧？等我穿上博物館警衛制服，應該可以跟佝僂老館長交個朋友，向他賣弄我對化石的認識，展現一下我的專業態度，讓他明白我默默敬重科學界的一顆心，總可以吧？

「不過，你還是不時來電問看看吧，」女館員說。

「喔，我會的，」我說。

我不時去電詢問，後來問到連自己都不好意思了。春初，我出走了，沒有回饋姨媽，也讓女友深信（我猜她是認定）這個鼻水流不停的沒出息才是我的本色。

我決定去別的地方重新起步，不再自欺欺人，努力求上進。基本上，我有一些積蓄。一個人如果有積蓄養家，晚上家人見你回來，各個眉開眼笑，你才知道生活多美滿。我不願回歸那個修屋頂工的我，也不願重溫修屋頂的那段時光，給我再多錢也不要。

話說回來，有些時候，我難免想像自己站在同一個公用電話前面，一身是被瀝青潑灑得變硬的衣褲。

「有好消息報給你，」菲爾德博物館的女館員說，「快過來，快過來，我們總算有適合你的職缺了。終於能通知你，我太高興了。」

「我馬上過去，」我說。

然後，過了幾星期，我領到第一份薪水，我開車停在當時的女友家門前，穿著乾淨的衣物。那一整天，我忙著……例如，寫一篇關於雷龍的文章。到這個階段，我的雷龍知識必定累積很多，多到獲選參加雷龍年會，地點是……例如佛羅里達州邁阿密。我請她吃晚餐。我姨媽在餐廳等我們。這時候，我已經還她錢，回報她在那漫漫幾個月供應的餐飲。另外，我也買一件新洋裝送她，只想表現一點心意。晚餐氣氛融洽。我請客。飯後，我們三個人有說有笑。現在的我當上著名的菲爾德博物館助理館長。我們笑的是從前的我，修屋頂被看笑話，一個窮困潦倒的屋頂工，蹩腳到曾經袖手旁觀善良同事被騙到耶誕節泡湯。

法蘭克．亞當斯

一直以來，我都受不了鄰居法蘭克．亞當斯。後來有一天，他出現在我家，站在廚房裡，只穿內褲，正對著我家小孩臥房的方向！所以我賞他後腦勺一拳，他倒了下去。等他爬起來，我再賞他一拳，他又倒下去。然後，我推著他，讓他滾下樓梯，滾進初春的泥雪混合土裡，對他說，如果你敢再來，我對天發誓，我氣到講不出話了，你這個欠幹的混帳。

老婆凱倫回到家，我把她拉到一旁說，結論是：把所有門鎖好，如果亞當斯在家，我們不許孩子們出門。

不過，晚餐後，我不禁想到：對方穿短褲進我家，我怎麼能嚥下這口氣？這算什麼愛？算什麼父愛？因爲，因爲，如果我們一不小心，怎麼辦？要是孩子外出，或是亞當斯進來呢？不行不行，我心裡想，無法接受。

於是，我去他家說：「他在哪裡？」

他老婆琳恩說：「在樓上？幹嘛問？」

我上樓，見他站在鏡子前面，還穿著他媽的內褲，不一樣的是現在多了一件上衣。我在他轉身時再賞他一拳。他倒下去，想學螃蟹爬走，背被我一腳踩住。

我說，如果你再敢，如果你再敢的話。

他說，這下子，你我扯平了。我進過你家，你進過我家。

我說，不一樣的是，我穿長褲。說完，我賞他後腦勺一小拳。

我就是我，他說。

哼，再笨不會比這句更笨了！他自己承認了！所以，我再賞他一拳。這時，琳恩進來，說著，喂，羅傑，喂。羅傑是我。然後，法蘭克·亞當斯站起來。把我給氣昏了！他站起來？想對付我？我正想再賞他一拳，這次琳恩站進兩人之間，像是在勸架。所以，爲了再賞他一拳，我只好有點像是推開她，不幸的是她沒站穩，倒下去，有點像躺在地上，裙子掀了起來——他氣瘋了！瘋了！氣我！穿內褲面對我孩子房間的人是他，他竟敢氣我？不知道多少個夜晚，我聽見他家傳出輕重不一的拳腳聲，也聽到她驚呼，法蘭克，天啊，我是女人，你弄痛我了，孩子們正在看，之類的。

因爲，他就是這種人。

所以我再賞他一拳。她朝我爬過來，一直說，求求你，求求你，我不得不推開她，不是狠心推，而是有點像叫她「待在那裡」的動作，就在這時候，說巧不巧，亞當斯家的小孩全衝過來——我先介紹一下，這幾個孩子有戲胞，經常在後院表演歌舞劇之類的。所以，這些小孩全都喜歡一哭二鬧三上吊：媽咪，爹地！嗯，好，太不湊巧了，所以我想走，小孩卻擋在門口堵我，有點像在說，我們全被嚇呆了，當然不知道該往哪裡去。所以我推開他們，動作不粗魯，非常輕——我同情他們，因爲我不只一次聽見法蘭克·亞當斯也拿小孩練拳腳。我出手推他們，其中一個跌倒，只有——膝蓋碰地，我還拉她一把，她居然想咬我！她好像搞不太清楚狀況，我被咬了一口，好痛，氣瘋了，所以我走向亞當斯，見他正要爬起來，我對著他頭頂賞他一拳，算是報一口之仇。

我說，把你該死的小孩……禁止你該死的小孩去——

然後，我想出去透透氣，於是繞著我們家附近走幾圈，但透再多氣也透不掉一肚子怨氣，因爲現在開戰了，懂嗎？亞當斯在他家，氣呼呼的，對著他的子女抹黑我。他的小孩因爲見過我的行爲（打人），也因爲他們沒見過的行爲（他只穿內褲正對著我小孩房間門口），他家小孩八成把他的謊言照單全收。我心想，完了，這下子他家小孩全恨我，好像整件事的壞人是我。今年夏天一定會惡作劇一個接一個來，家裡水管被切斷，油箱被灌糖漿，或我們家的母狗肚皮突然被燒傷等等。

所以，我打字做了幾張可以說是傳單的東西，上面寫說：不妨告訴你們，你們爸爸進我們家，赤裸裸站在廚房裡，面對我小孩的房間。我把其中一張貼在他們家紗門裡，小孩想出去打壘球的時候保證看得到。然後，我在他家郵箱塞差不多九張。其他傳單，裡面的「你們爸爸」被我改成「法蘭克．亞當斯」，發送到附近鄰居的郵箱去。

整晚，電話一通接一通來，是鄰居打的。大家都說，乾脆報警吧，亞當斯腦筋有毛病，該看醫生了，我一向都討厭他，我們幾個可以一起去他家，讓我們跟你合作，你不要沉不住氣，之類的話。大家的回應也還可以。不過，到了半夜，我出門抽根菸，發現他一臉像見仇人似的，正在瞪誰家？其他鄰居家嗎？廢話，他當然是在瞪我家，一副七竅生煙的模樣，我對他說，你瞪什麼瞪？

我就是我，他說。

我說，你欠幹，想衝過去賞他一拳，被他逃進家裡去了。

至於報警嘛，我的想法是：不然我能怎麼辦？等到他再闖進我家，然後才報警，指望他穿著短褲，繼續面對我家小孩的房間，等警察來抓他？

那怎麼行？抱歉，我的作風不是這樣。

隔天，我兒子布萊恩站在後門，手裡拿著風箏，我直接伸手去關門，對他說，不行，不行，不能出去的原因你最清楚了，小冠軍。

所以，我可憐的兒子整個下午坐著看公視，風箏躺在大腿上，看著一個傻文青高談陰影是營造景深的一種方法，建議你用這根樹椿來對比，試試看吧？

後來，禮拜一早上，我看見亞當斯走向他的車，又用那種七竅生煙的表情瞪我！我從來沒被人那樣狠狠瞪過。而且還豎中指給我看！好像他才是正義的一方！所以，我衝過去，想賞他一拳，可惜被他躲進車子開走了。

那天從早到晚，我滿腦子是他那副嘴臉，那副恨之入骨的表情。

我心想，假如換成我，假如我恨一個人恨到那種程度，我會怎麼辦？嗯，一種情境是，我會一直忍耐再忍耐，憋到有天夜裡爆發了，溜進仇人的家裡去，趁全家熟睡，捅死他也捅死他全家。或槍斃他們。我應該會。換成你，你也非這樣做不可。這是人類天性。我不是在怪罪任何人。

我心裡想，我應該保持戒愼，捍衛家人，否則將平白葬送家人的性命。

於是，我提前下班回家，趁亞當斯他家沒人，偷偷進去，從地下室拿走他的步槍，也帶走他家的牛排刀和奶油刀，因爲奶油刀磨一磨也可以變鋒利，所以我也帶走磨刀棒，另外也拿走兩把拆信刀和一個紙鎮，因爲，假如換成我，我家的刀槍全不見了，我絕對會趁仇人熟睡，用紙鎮砸爛他的頭，也砸爛妻子和小孩的頭。

那天夜裡，我睡得比較熟，突然驚醒，一身冷汗，自問，假如有人推倒我老婆和小孩，偷走我家刀槍和磨刀棒，連紙鎮也不留，我端得出什麼對策？我回答：我的對策是，慌張中，到處找家裡還有什麼危險用品，例如油漆，例如稀釋劑，例如家用化學藥劑，然後帶著這些毒物，去按他家門鈴，燒死他全家；也可以在仇家游泳池倒毒液，一來可以腐蝕防滲處理層，二來可以在仇家小孩游泳時害他們生病。

然後，我看看自己家睡夢中的子女，天啊，這幾個孩子多乖順，他家小孩哪比得上。穿睡衣的我看著他們，想起亞當斯穿內褲站在那裡，然後想像自己小孩喘不過氣，嘔吐，拼命想爬出游泳池的景象，我心裡想，不行，我絕對不會放著不管。

於是，那天下午我先去他家撬開窗戶，然後半夜鑽進他家，見化學物品就拿。不蓋你，他家好多化學物品，比我家多，也超出他需要的數量，稀釋劑、油漆、鹼液、瓦斯、揮發劑，全被我集中成差不多九個大垃圾袋。我提著第一袋，正要從地下室上樓，發現他媽的全家對準我一擁而上，連小孩也撲過來，拿衣架打我，用四角尖銳的書砸我，對我的眼睛噴髮膠，連狗也想咬我，逼得我滾回地下室，心裡想著，他們打算要我的命。我的頭撞到水泥地，眼冒金星，心裡想，不行，他們真的想要我的命。如果我被他們殺死，我再也不能和女兒梅蘭妮捧同一盆爆米花吃，再也不能在兒子布萊恩或我開錯玩笑時對彼此擠眉弄眼，再也不能和老婆凱倫在辦完事後一同望著窗外，討論將來的計畫，看著停在電線上的黃嘴鳥來來去去。我掙扎著爬起來時心裡想，我怎麼落到這地步不重要了，重要的是我落到這裡，非逃出去不行，命一定要保住。我開始賞拳頭，打了又打，打到他們全倒。亞當斯和十幾歲的兒子拱背抱著老么。剛才老么倒楣，我對她小小踢一下而已，她竟然飛得比較遠。我等全家站不起來，馬上掏出身上的打火機，點燃裝滿毒液的垃圾袋，看準樓梯最上面的光，直衝上去。我知道門就在那裡，外面是黑夜，是我的自由，我的家。

III.

敵人將唆使部分民眾，對付吾人，而這些受指使的民眾首要作用是為反對而反對、抗議，對吾人傳統生活習性吹毛求疵，直到吾人確信無誤之人事地物逐漸啟人疑竇，吾人也陷入終日無所適從的境地，如此敵人將見獵心喜。受指使的民眾究竟是哪些人？為何高分貝痛批吾人習性？倘使吾人潛心檢視這批民眾將發現，他們無非社會邊緣人、三句不離怨言者，全是無能在盡善盡美、誠心寬宏的體系裡茁壯的民眾，而本體系之完善，遠遠凌駕自古以來的所有互利協進制度。

——伯納・艾爾敦，別名艾德《新國家任務集》

第五章：負面思想之蠻橫——異議份子之行為模式與病理剖析

九三九九〇

急毒性活體試驗為期十日，受試對象為二十隻雄性獼猴，體重二十五至四十公斤，平分為四組，每組五猴，每日接受波贊酊靜脈注射，劑量濃度依組別每日每公斤投以一百、兩百五十、五百、一萬毫克。

最高劑量組（每日每公斤一萬毫克）方面，注射後效果立即且慘重，二十分鐘內導致四隻暴斃，僅有一隻存活。動物九三四四五與九三五五七死前有嘔吐與方向感喪失之徵狀。施藥後，此二動物幾乎瞬間陷入僵直狀態，因此給予垂死犧牲。同組動物九三〇〇一與九三四五八出現嘔吐、焦慮、方向感喪失及搔摳腹部之徵狀。此二動物也迅速陷入僵直狀態，因此給予犧牲。

最高劑量組僅有九三九九〇存活。該動物為二十六公斤雄猴，體形瘦小，未顯出致毒跡象。

不耐毒性而死亡之所有動物均從籠舍移除並進行屍體剖檢，四隻之死因均為腎衰竭。

第一日，其餘三組較低劑量（每日每公斤一百、兩百五十、五百毫克）之動物均無明顯徵狀。

第二日，施打完第二輪毒物之後，五百毫克組開始出現嘔吐徵狀，並且不只一隻出現侵略性。此侵略性舉止最常見的現象是針對性尖叫，其中幾隻出現作勢想咬人的現象。經觀察，最低劑量之兩組（一百毫克與兩百五十毫克）有嘔吐徵狀。兩百五十毫克組一動物（九三〇〇二）出現搔抓行爲，近似前日最高劑量組之現象（亦即戳摳與搔抓腹部，扭身掙扎的動作有限）。

本試驗第三日結尾，五百毫克組之三動物陷入僵直狀態，同組其餘二動物出現極端掙扎現象，時有撲咬、捏掐同類之意圖，經常伴隨尖叫行爲。經觀察，動物有毛髮脫落之徵狀，情況輕重不等，部分動物有「逗弄」脫落的毛球之舉。此「逗弄」行爲輕則意興闌珊，重則興沖沖。經研判，此「逗弄」行爲無異於基於好奇衝動而逗弄小型嚙齒動物之習性，不排除表示毒性已產生幻覺。經觀察，數隻動物反覆對毛球咧齒，彷彿試圖逗使毛球產生恐懼反應。五百毫克組動物九三二一一〇常坐籠舍一角，凝視自身嘔吐穢物，另一動物九三二二二未受毒性影響，有企圖引發九三二一一〇興趣之拍背舉動，並有使勁拍背之行爲。耐人尋味的是，最高劑量組唯一存活之雄猴（體形瘦小之九三九九〇）即使經第二日注射後，依然未顯現病徵。在最高劑量組中此動物體重最輕，卻未曾顯現病徵，毫無嘔吐、興趣喪失、自我搔抓、焦慮、或侵略性。此外，該動物也不見毛髮脫落。雖然籠舍裡無毛球（因爲毛髮未脫落），該動物卻也不見「逗弄」籠舍裡之餵食盆或糞便或斷繩等非生物體。經觀察，此動物僅隔著鐵條凝目注視處理員，且／或當處理員進入籠舍以長棍檢查部分物體底下（椅子、遊樂輪）有無毛球與／或腹瀉物時，該動物有時快速後退。

試驗進入第三日中午，五百毫克組雄猴全數不敵毒性而病亡。死前，該組除上述徵狀外，亦有多種行爲，輕則嗚咽，重則在籠舍地板表演近似失智症患者之翻滾動作，時而伴隨尖叫或口吐白沫。病亡後，同組五猴全自籠舍移除並剖檢，死因均爲腎衰竭。耐人尋味的是，該組死前非但未陷入僵直狀態，反而顯得相當機警，呼吸吃力，其中幾隻突然活力充沛的攀爬繩索。由於爬繩墜落率高於平日，經研判協調能力已受影響。爬繩墜落後，動物反應輕則無反應，重則顯現挫折感，部分出現自殘行爲（亦即自我捶打、拉扯自己毛髮、急速搖頭）。

第三日即將結束前，最低劑量組（兩百五十與一百毫克）出現情緒失衡現象，部分動物早已陷入僵直狀態，部分動物拒絕進食，腹瀉物顏色鮮明，部分動物坐食糞便，並不時尖叫。

兩百五十毫克組之九三八五二、九三八八一、與九三七七七在死亡前數小時出現短暫活力復甦之現象，活動量回升，出現焦慮徵狀，亦有忽然猛搖、意識混淆、以手指搔抓眼部之行爲。該組動物來回走動，衝撞籠舍欄，隨後轉爲激動。有失明或視弱徵狀。該組見鮮豔旗子揮舞時，有幾隻無反應，另有幾隻對處理員投擲糞便。

試驗進行至第四日正午，兩百五十毫克組所有猴隻均已病亡，自籠舍移除並剖檢，死因皆爲腎衰竭。

至第四日最後，存活者僅剩一百毫克組之五隻，以及前述抗毒性非常強之最高劑量組瘦小雄猴（九三九九〇）。該動物持續毫無徵狀。該動物持續無嘔吐、乾嘔、暈眩、方向感喪失、動作能力喪失、或上述其他徵狀。該動物持續在籠舍裡正常走動，進食量與飲水量正常，體重更有微增之現象，反覆爬繩，展現自信。

第五日，一百毫克組之動物九三四四四已陷入垂死狀態。此動物由於虛脫嚴重，上午並未再給予注射，而是從籠舍移出，予以人道犧牲並剖檢。腎衰竭爲死因。九三八八七（一百毫克組）反覆側傾並跌倒，伴隨皺眉。此動物於第五日下午一時不支死亡，自籠舍移除並予以剖檢，死因爲腎衰竭。第五日下午三時至晚間八時，一百毫克組之九三二五四與九三〇〇六接連死亡，死前在大籠舍西北角瑟縮互抱。兩者死前皆出現咻咻喘氣、快動作捏放生殖器之現象。兩者皆自籠舍移除並剖檢。兩者死因均爲腎衰竭。

最後僅剩兩隻動物，分別是一百毫克組之九三五五五與最高劑量組之瘦小雄猴九三九九〇。前述之徵狀幾乎全出現在九三五五五身上。在第五日結束前，九三五五五更數度自我搔抓頸部與臉部，衝動之下伸手試圖抓住籠舍外不明物體，導致抓傷與挫傷。此動物也數度出現快速打轉之行爲，並且在打轉期間多次暴跌，兩度重摔時導致牙齒脫落。其中一次牙齒脫落後，該猴出現前述動物逗弄毛球之侵略性行爲。除此之外，此動物長時間對落牙低吼，隨後攻擊並吞噬落牙。經研判，倘使此類行爲延續至第六日，基於人道理由應予以犧牲。然而，晚間十一時過幾分，此動物終止前述行爲，僅魂不守舍坐在自己的糞便上，偶爾扭身掙扎。有鑑於其狀況改善，因此不予以犧牲處置。

第五日正午十二時，瘦小雄猴九三九九〇仍未出現任何徵狀，坐在籠舍東南角，定睛看著籠舍門。此狀況最初被誤判爲僵直狀態早期徵狀，但當處理員以金屬棍試圖戳弄時，此動物陡然後退並尖叫，經研判爲正常反應。此外，九三九九〇也似乎偶爾凝視並/或指向低劑量組籠舍，亦即仍魂不守舍坐在糞便上並偶爾扭身掙扎之九三五五五籠舍。至第五日結束前，九三九九〇依然毫無徵狀，並且居然在餵食時胃口大開，經測量，第六日正午體重進一步增加。此外，九三九九〇也攀爬繩索，並且不時顯露懇求神態。經判斷，此一懇求神態不排除是輕度迷幻效應。見此動物懇求，處理員不由自主地笑出聲，導致牠終止懇求行爲，退至西北角，背對處理員靜坐相當久。經決定，未來再出現懇求，處理員不應嘲笑以對，以便從更客觀的角度記錄其懇求（無干預）之時間。

第六日上午注射後，先前曾攻擊並吞噬落牙之低劑量組僅存之九三五五五坐在糞便上，魂不守舍，扭身掙扎，並且，除前述諸多徵狀外，也一度撕扯眼部與皮肉，爾後靜靜蹲坐著喘息。隨後，此動物一度出現翻白眼的現象，歷時有限，最後進入病危狀態，死後予以剖檢，死因爲腎衰竭。當九三五五五自籠舍移除之際，九三九九〇默默注視著，隨即退至籠舍尾蹲坐，亦即離籠舍門最遠之區域。不久後，此動物起身，走向餵食盆大吃特吃，並持續望著門。

第七日注射後，碩果僅存之九三九九〇繼續毫無徵狀，吃喝均起勁。

第八日注射後，此動物同樣毫無徵狀，吃喝均起勁。

第九日，經決定測試極高劑量波贊酊之作用，劑量加倍至每日每公斤兩萬毫克。第九日上午，提高劑量以靜脈注射投藥。目視無急性反應。此動物繼續在籠舍來去如常，飲食正常，也繼續凝視籠舍門，偶爾望著變得空蕩蕩的鄰籠。此外，爬繩行爲也不見稍減。曾觀察到短時間的懇求行爲。處理員不笑，未受干預之懇求延續約一百三十秒。懇求行爲結束後，處理員以金屬棍深入籠舍，企圖戳弄，金屬棍被九三九九〇奪走。處理員試圖入籠舍取回時遭戳。事後，經討論，決定不再試圖取回金屬棍，處理員應向用品部索取備用戳弄棍。由於用品部此時沒有備用戳弄棍，因此決定，在奪回該猴手中之戳弄棍之前，不再試圖戳弄。由於奪回該戳弄棍有困難，經研判，最後將該戳弄棍視爲九三九九〇之擁有物，並以此觀察九三九九〇如何使用並／或操縱該戳弄棍，亦即觀察波贊酊對行動能力之影響。

第十日，亦即本試驗之最後一日，經觀察，九三九九〇依然毫無徵狀。經決定，劑量將提高至每日每公斤十萬毫克。導致最高劑量組幾乎全數瞬間暴斃的劑量僅十分之一。經判斷，此決定在科學上站得住腳。此劑量於第十日凌晨三時注射。值得注意的是，除了與注射相關之效果外（亦即注射區出現數個鮮紫色水泡、心律提高、出汗劇烈、少數恐慌動作），並無任何急性反應。經研判，以上徵狀主因爲高劑量注射，而非波贊酊本身之作用。

第十日全天，九三九九〇持續毫無徵狀，飲食如常，在籠舍裡來回走動，精神奕奕，攀爬繩索。至試驗結尾，亦即第十日午夜，依然查無任何徵狀。值得一提的是，此動物在籠舍裡跳來跳去，手持戳弄棍揮舞，動作靈巧，偶爾出現懇求行爲，對著處理員縱聲尖叫。總而言之，即使劑量提高至幾乎能瞬間毒死體形較大、較重動物之劑量的十倍，九三九九〇依然毫無徵狀。以各方面而言，即使在劑量出奇之高的情況下，此動物依然顯得一切正常、健康、不受影響、成長茁壯。

第十一日凌晨約一時，九三九九〇身中麻醉飛鏢，自籠舍移除，予以犧牲並剖檢。經觀察，腎臟並無受損跡象，負面影響付之闕如。自試驗開始，淨重提高三公斤。所有死屍均由獲認證之醫療廢料處理單位運送至他地火化處置。

歹戲人生

凱瑞根夫妻家的上午。

幾分鐘前，韋恩酋長帶走一大塊長方形牛油。布萊德．凱瑞根認爲，等一下門鈴隨時會響。

就在這時候，門鈴響了。

韋恩酋長站在門口擺臭臉，捧著一大塊長方形牛油。

「天啊，怎麼一回事，韋恩？」朵莉絲以她慣用的口氣說。

「我烤吐司想塗牛油，」韋恩酋長說，「沒想到卻發現，這塊牛油其實是你們家的狗巴弟，穿著牛油裝，想騙我！」

「哎唷，巴弟，」朵莉絲說，「你不懂嗎？想討人喜歡，下下策是騙人家中計去喜歡你。」

「這下子我懂了嘛，」巴弟難過地說。

「布萊德？朵莉絲？」韋恩酋長說。「我今天好像也學到一個教訓。如果狗喜歡你，甚至有人喜歡你，你應該盡力喜歡對方，表示回報。要是我直接接受巴弟的友誼，他就不必躲進牛油裝了。」

「學得好，韋恩，」朵莉絲說。「我們所有人應該都能從這個教訓得到好處。」

「韋恩，我希望你學到的教訓是什麼，你知道嗎？」巴弟說。「一個人待在家門前，對著自己的屁股舔半天，並不表示這個人粗神經。」

「只不過，巴弟，嚴格說來，你不算人，」韋恩酋長說。

「而且嚴格說，你也沒有屁股，」朵莉絲說。

「你下面只有一個給克雷格伸手進去的洞，這樣你才動得起來，」韋恩酋長說。

這句話傷到巴弟的心了，他轉身從狗門衝出去。

「糟糕，」朵莉絲說，「希望巴弟不會出事。」

「巴弟被我們取笑沒屁股，氣得出走，要是出了事，我會很難過，」韋恩酋長若有所思說。

布萊德、朵莉絲和韋恩酋長走進院子，發現巴弟掛在曬衣繩上，一動也不動，被切除的生殖器官在他正下方的地面上。

「嗯，我猜我們今天都學到一個教訓，」韋恩酋長說。

「我學到的是，」朵莉絲說，「親朋好友隨時可能被命運奪走，世人沒辦法預知。」

「因此，」韋恩酋長說，「我們必須天天以各種方式表達愛。」

「好有道理喔，」朵莉絲說。

「你不覺得有道理嗎，布萊德？」韋恩酋長說。

「我猜吧，」布萊德說。他的雙手在顫抖。

「你猜吧？」韋恩酋長說。「什麼鬼話！你猜我們必須天天以各種方式表達愛？」

「誰辯得倒這種理論才怪！」朵莉絲說。

「唉，布萊德，」韋恩酋長說著，戴酋長帽的頭搖一搖，態度憐憫。

「唉，布萊德，」朵莉絲說。「在這個亂七八糟的世界上，親朋好友是我們最重要的人。你總有一天會明瞭的。」

「親朋好友——以及我們愛的小狗！」韋恩酋長說。

「布萊德，如果你能深刻自我反省的話，」朵莉絲說，「一定也有同感，我是知道的。」

布萊德的感覺是，他正使出渾身解術，盡量維持心情開朗，凡事往光明面看。大約一個月前，朵莉絲塞給他一張字條，提到節目可能被停播一事，字條寫著：快完蛋了，我們快沒戲唱了，除非內容趕快大翻新。聽我勸告。重大危機，字字屬實，愛你的我。

即將被停播，朵莉絲怎麼知道？布萊德問她，她不肯回答，只猛搖頭，意思彷彿是：不用再討論了，先解決問題再說。

因此，現在每當狀況突變，他會盡可能維持樂觀態度。家裡多了一個巴弟時，他不過問爲什麼巴弟是個布偶而非眞狗。韋恩酋長開始來家裡走動，並自稱是他今生第一個朋友時，他也不質疑這位美洲原住民爲什麼滿頭紅髮。後院開始形變的時候，他也不問怎麼可能辦得到。

然後，狀況開始變得把無聊當有趣。而且損人的意味也變濃。現在，嘴巴一張開，講的淨是損人的言語，常拿大便和屁股開玩笑。他和朵莉絲以前常談論實質議題，常談兩人的私事、夫妻關係、對未來的憧憬和規劃。有一次，她搞丟了訂婚戒指，只好買假戒指，以免被他發現。有一次，肉店老闆開始切給她上等肉，他不禁眼紅吃醋。

如今，暴力登場。可憐的巴弟。暴力從來不曾光臨過凱瑞根家，只有一次，樹枝打中布萊德的頭。另外有一次他從椅子摔下來，坐到毛線鉤針。

如今居然發生先殺後閹案？

這是從來沒有過的事，絕對史無前例。

「布萊德，哈囉？」朵莉絲說。「你該不會中風了吧？不然爲什麼兩眼無神，好像在拉屎？」

「你剛剛是不是拉屎拉不出來，太用力，結果中風了？」韋恩酋長說。

朵莉絲和韋恩酋長裝出拉屎拉不出來的表情，然後表演中風。接著，他們溫馨歡笑起來，甜蜜地對布萊德展開笑顏，歡樂音符飄來，綜合以上情景可知，他們並非眞的拉屎中風，只是想讓氣氛輕鬆一點，而且也該進廣告了。

畫面回到凱瑞根家。布萊德把巴弟遺體和被切除的性器官搬到牌桌上，旁邊有一張巴弟遺照，以及他生前最愛的幾個啾啾玩具。

「有沒有人想追思巴弟幾句？」布萊德說。

「可憐的巴弟，」韋恩酋長說，「老是口無遮攔。我敢說，他一定又亂講話，罵到煞星，所以才落得先殺後閹的下場。」

「你的意思並不是他活該吧，」朵莉絲說。

「我的意思不是他活該，」韋恩酋長說。「不過，如果有誰有那麼多負評，想對全世界發表，總有一天，有個煞星一定會聽不下去。」

「有誰還想用別的話追思巴弟？」布萊德說。「朵莉絲？」

「咦，等一等，」朵莉絲說著抬頭看電視。「是不是《超展開》？」

「哇，我好愛看《超展開》，」韋恩酋長說。

「兩位，」布萊德說，「我們不是正在追思巴弟嗎？」

「布萊德，看在老天的份上，」朵莉絲說，「急什麼急？快來陪我們一起看《超展開》。」

「巴弟又不會跑掉，小布，」韋恩酋長說。

這也是以前沒有的現象。以前，他們從不在節目進行中看其他節目。此外，凱瑞根家現在電視機如林，每個房廳有兩台，後院有一台，而且車庫頭尾各有一台，所到之處，必定播映著別的節目的某一部分。

《超展開》節目中，五名彼此熟識的大學生帶一名大學友人去高檔義大利餐廳，說好是想介紹他認識辣妹，其實是想告知他母親去世的噩耗。這是情節的第一個逆轉。飯後點心上桌後，六個大學生才得知，所有人的母親都過世了。這是第二個逆轉。第三個逆轉是，不只六人的母親全死，而且是製作單位花錢找殺手奪走她們的命。第四個逆轉也就是超展開：六個大學生赫然得知，剛下肚的義大利餐是炙烤母親肉。

「太精彩了，」朵莉絲說。

「朵莉絲，妳瘋了不成？」布萊德說。「那幾個是有血有肉的人啊，他們有思想，有希望，有夢想。」

「哼，又沒人少一塊肉，」韋恩酋長說。

「怎麼沒有。在不知情的情況下，那幾個學生吃掉自己的母親，」布萊德說。

「哼，他們事先簽過免責聲明，」韋恩酋長說。

「有沒有免責聲明都一樣，韋恩，拜託你行不行，」布萊德說。「製作單位殺了人。他們還騙人，害人吃掉自己的母親。」

「道德是不是可議，我倒不見得有興趣探討，」韋恩酋長說。「我大概只想說，我看得很爽。」

「節目很有意思啊，這才重要嘛，」朵莉絲說。「有預期，有翻轉，有古今皆然的人類七情六慾。」

「內容這麼豐富，有誰不想看？」韋恩酋長說。

「有意思就是好節目，布萊德，」朵莉絲說。「出人意表就是好節目。」

就在這時候，巴弟叼起自己的生殖器官，一副怕挨罵的模樣，從牌桌跳下去。

「巴弟，你還活著！」朵莉絲說。

「可是，看樣子，你還是處於被閹割狀態？」韋恩酋長說。

「對啊，嗯，」巴弟紅著臉說。

「是誰下的毒手，不如說出來吧，巴弟，」朵莉絲說。

「唉，朵莉絲，」巴弟說著哭了起來。「是我自己啦。」

「你自己閹割自己？」朵莉絲說。

「大概可以說是我在默默呼救吧，」巴弟說。

「就是嘛，」韋恩酋長說。

「有人提供我某種『協助』，我才能活動，爲了這件事天天被人調侃，我煩都煩死了，」巴弟說。

「你的意思是，有人伸手探你的後庭？」朵莉絲說。

「有拳頭直搗你的菊花？」韋恩酋長說。

「有魔爪從下交流道逆向上坡？」朵莉絲說。

「叫你們別講，你們還是講個不停！」巴弟狂吠，然後從狗門衝出去。

「有人脾氣很暴躁，」朵莉絲說。

「等生殖器官被縫回去，脾氣就不會暴躁了，」韋恩酋長說。

韋恩酋長走出門。

「糟糕，大家快來看！」他說。「看樣子，你們家除了家犬爲小事不高興，現在又有麻煩找上門了。該死的後院又形變啦！」

接著，我們聽見熟悉的音樂，表示後院再一次形變了。我們也看見，熟悉的凱瑞根家後院變得遍野焦屍橫陳。

「凱瑞根，你們又胡搞瞎搞，我再也受不了啦！」鄰居溫斯頓先生怒吼。「上禮拜，我請壞脾氣老闆泰勒先生來家裡吃晚餐，點心吃到一半，你們後院變成古埃及，結果一隻鱷魚爬進我家，吃掉泰勒先生的假髮！」

溫斯頓先生接著說，「上次老爸老媽來我家，你們院子變成十九世紀妓女戶，有個妓女還對著圍牆另一邊羞辱我母親！」

「好了啦，布萊德，」朵莉絲說，「我們去找巴弟。」

布萊德、朵莉絲和韋恩酋長穿越院子而過。

「天啊，瘋狗跑哪去了？」韋恩酋長說。

「在遍野悶燒的屍體堆裡，找唯一不冒煙的準沒錯，」朵莉絲說著，躡手躡腳走進以前是馬蹄鐵遊戲沙坑的一區，跨越幾具焦屍。

廢棄農莊裡傳來哀嚎聲。

巴弟從被燒黑的樹後面飛竄出來。

「我們一起去那口被污染的井旁邊包抄他！」朵莉絲說，韋恩酋長和她一同箭步前去。

「我的天，」布萊德喃喃說。「這些人是哪裡來的？」

「我們是貝爾斯東尼亞人，」焦屍之一說。這具屍體仰躺在地上，雙手做出防衛動作，彷彿臨死前想阻擋一連串攻勢。「我們國家依民族性差異可分爲三大族群，北方山區的北阿爾桑尼信教虔誠，務農，以傳統小部落爲家，南阿爾桑尼是務實的世俗派，和鄰居塔吉特人和好相處，而塔吉特人口雖然多於南阿爾桑尼人，經濟卻始終落後。近年由於連年乾旱，情勢每下愈況。」

焦屍二緊接著開口。他胸腔爆裂，缺一條手臂。他說，「別忘了另一個因素是稅制太複雜，明顯偏袒世俗派的南阿爾桑尼人，側重工業化的產業類別。在大地震之後的幾年間，南阿爾桑尼人和部分提倡教派大和解的塔吉特人大筆投資這些產業。」

焦屍三是女屍，雙腿大開，神態驚恐，嘴合不攏。她說，「所以我們山區的北阿爾桑尼人遭殃了。我們發現金礦，於法卻歸地主擁有，而地主全是南方的軍事／產業巨頭。」

「她說的就是我們這群人，」獨臂焦屍說。「北阿爾桑尼人。」

「哇，」布萊德說。「好複雜。」

「沒那麼複雜，」舉雙手抗敵的焦屍說。

「對於一個終生安居樂業、不問人間苦難的人來說，理解上可能有點複雜，」獨臂焦屍說。這時候。一隻蝴蝶從他胸口的大洞飛向他頭上的傷口。

「我有同感，」抗敵不成而死的焦屍說。「他的國家被我們摸得一清二楚。我知道誰是凱西．史丹格爾[8]，湯瑪斯．潘恩[9]的作品我也能朗朗上口。」

「誰？」布萊德說。

「好了啦，布柳格，公平點，」女屍說。「他們的國家是世界舞台上的要角，英文是多數國家的通用語。」

「通什麼？」布萊德說。

「我的意思是，在此時此刻，世界各地有很多民不聊生、慘絕人寰的事件發生，卻有人窮擔心布偶的生殖器官斷掉，我覺得太小題大作了，」獨臂焦屍說。

「我好懷念人間，」女屍說。

「記得我們的農場嗎？」舉手抗敵的焦屍說。「剛從傳統庫砵爐烤出來的沃瑞拉有多好吃，記得嗎？」

「吉茲丹埡口雨後的空氣多新鮮，記得嗎？」女屍說。

「最後那年春天，我們在菜園裡多麼賣命，記得嗎？」舉手抗敵不成的焦屍說。「我們有多麼措手不及，記得嗎？民兵團突然進攻，連有些南阿爾桑尼的同胞也攻進我們村子，我們根本無從防備——」

「親愛的，敵人對你何其殘暴，在你生前如此撕扯你，」女屍說，柔情似水地看著舉手抗敵而死的焦屍。

「那些男人包圍妳，對妳吆喝，同時……」舉手抗敵的焦屍講不下去了。他想起世俗派阿爾桑尼人和南塔吉特民兵拖走妻子，拉到他們家茅屋所在的院子，把她壓到泥地

---

8 譯註：Casey Stengel（1890-1975），美國棒球隊總教練。

9 譯註：Thomas Paine（1737-1809），美國開國元勳。

上，強迫他觀看接下來十分鐘的過程，歷時也可能長達三個鐘頭。然後，包圍他，上刺刀，他一度舉手抵抗，最後還是活生生被他們掏心挖肺，一息尚存的妻子則反覆舉起左手，爲期可能長達一萬年。

就在這時候，朵莉絲衝過來，懷裡多了一個生殖器接回下身、輕輕嗚咽的巴弟。

「布萊德，太扯了吧，」她咬牙切齒說，「也不幫一下忙。謝了。」

「謝個頭！」韋恩酋長說。

回憶往事令焦屍痛心疾首，一個個躺回凱瑞根家的塵土裡，淒慘哀愁的東歐音樂響起，我們由此可知，進廣告的時間到了。

畫面重回凱瑞根夫婦家，朵莉絲和韋恩酋長回到屋子裡，發現傢俱、地板、天花板長滿了幾百根玉蜀黍。

「怎麼會——」朵莉絲說著，放下巴弟。

「我相信，這就是所謂的『大豐收』，」韋恩酋長說。

「沒錯，」朵莉絲說。「再這樣下去，保證我們會被『大風』吹出門去！」

「我的蛋蛋痛死了，」巴弟說。

布萊德進門來，眼眶閃現淚光。他在沙發坐下。

「怎麼了，苦瓜臉先生？」朵莉絲說。

「還在替院子裡的屍體怨嘆嗎？」韋恩酋長說。

「過一段時間再看看吧，老公，」朵莉絲說，「遲早會形變成比較歡樂的東西。」

「一定會的啦，」韋恩酋長說。

「橋到船頭自然直嘛，對不對？」朵莉絲說。「只要人堅守夢想，對吧？」

「也要強調光明面，」韋恩酋長說。

就在這時候，電視機傳來響亮的軍樂聲，表示一**分鐘新聞快報**來了。

在加州，民眾正流行整形手術，希望把臉整成他們最崇拜的名人，不幸的是，有些人手術失敗，被整成醜八怪，部分名人因此產生憐憫心，出其不意前去探視被整成醜八怪的民眾。變成被火烤過的獅子臉的一名醜八怪表示，名人出其不意來訪，讓他覺得苦難也是值得的。在菲律賓，一座掩埋場因為垃圾腐敗累積天然氣，導致氣爆，造成數十名掘垃圾覓食的兒童喪生。

「咦，」布萊德說，「看到這則新聞，我有個想法。」

「慘了，」韋恩酋長說。「聽起來不妙。」

「你上次提議在老人內褲裡裝熱感應器。希望這次的點子沒那麼臭，」朵莉絲說。

「你上次的點子是在巴弟身上裝無線電發報機，後來你們夫妻跑去渡假，發報機短路，害巴弟整整被電擊兩個禮拜，希望這次點子沒那麼狠，」韋恩酋長說。

「結果，溫斯頓夫妻還以爲，巴弟剛學過踢踏舞呢，」朵莉絲說。「好慘。」

「你這次的點子是什麼，老弟，說來聽聽？」韋恩酋長說。

「不說也罷，」臉紅的布萊德說。

「快講嘛，苦瓜臉先生！」朵莉絲說。「說出來聽！我相信一定很棒。」

「好吧，」布萊德說，「我的想法是，我們家玉蜀黍長這麼多，吃得完嗎？吃不完不是太浪費？我的想法是，我們收割玉蜀黍，寄去菲律賓，給挖垃圾覓食的兒童吃。這麼一來，我們家能恢復原狀，貧童也不必再吃垃圾，大家都開心。」

「布萊德，你瘋過頭了是嗎？」朵莉絲說。

屋裡瀰漫起一陣彆扭的沉默。

「我不得不講一聲，比較之下，老人內褲熱感應器的點子反而滿有可行性的，」韋恩酋長說。

「我只是想盡點力而已，」布萊德說，臉色再度漲紅。「世上的苦難太多了。我們的東西用不完，別人則是少得可憐。所以我剛才想到，假如我們能分一小部分給他們，送走我們不太用得著的東西，給用得著的人去……」

朵莉絲淚水盈眶。

「朵莉絲，妳怎麼了？」韋恩酋長說。「心裡有什麼委屈，快告訴布萊德。」

「布萊德，你沒必要老是唱衰嘛，」她說。「剛才是在院子裡掉淚，現在又開始藐視我們的室內玉蜀黍，何必呢？」

「布萊德，老實說，長了更多玉蜀黍的家庭多的是，」韋恩酋長說。「和我見過的很多家比較之下，你們家的農作物算小巫見大巫。」

「你去巡邏的時候大概見滿多的，」朵莉絲說。「說不定，有些人甚至用傢俱種植番茄和櫛瓜。」

「當然有啊，」韋恩酋長說。「甚至也種西瓜。」

「所以，你的見解是，數量這麼不起眼，不值得感到內疚，對吧？」朵莉絲說。

「他去『巡邏』的時候？」布萊德說。「『巡邏』[10]什麼？」

10 譯註：chief譯為酋長，而另一解是「警察局長」。

「他去臨檢，他去巡邏，都一樣啦，」朵莉絲說。「布萊德，拜託，不要改變話題。我認爲，我們命非常好，不過也沒好到可以把我們努力得到的東西送光光。我們的東西，例如玉蜀黍，爲什麼不能據爲己有？事情這麼簡單，幹嘛搞得那麼複雜？我們又不盡然是產油國，布萊德！」

「布萊德，聽我說，」韋恩酋長說。「也許你該開始爲朵莉絲著想，而不是心繫那些你根本不認識的費利冰人。」

「你眞的很懂我的心，韋恩，」朵莉絲說。

「妳的心一碰就懂，朵莉絲，」韋恩酋長說。

就在這時候，門鈴響了。

草坪上站著一群菲律賓貧童代表團，臉色慘白，穿著血跡斑斑的白罩衫。

「我們是來領玉蜀黍的……」身高最高的貧童說。他的眉毛上方有一大顆腫瘤。

「布萊德，」朵莉絲可憐兮兮說。「你居然打電話叫這些人來，我眞不敢相信。」

「我沒打啊，」布萊德說。

他的確沒打電話。話說回來，貧童主動來，他不見得不高興。

「有什麼大不了的？」布萊德說。「我們收割玉蜀黍，送這些小朋友，問題不就解決了？如果你們幫我忙，十分鐘就能收割所有玉蜀黍。」

「布萊德，我的頭突然痛死了，」朵莉絲說。「可以幫我去拿止痛藥嗎？」

「布萊德，你厲害喔，」韋恩酋長說。「老婆快要痛死了，你不能嘴巴張著腳不動吧？」

布萊德進廚房，幫朵莉絲拿一顆Tylenol。

巴弟跟著他進廚房，跳到椅子上。

「呃，布萊德……」巴弟悄悄說。「我想告訴你一件事。我一向看你順眼，也始終是你的啦啦隊。對我來說，你顯得極爲通人情，而我也說過無數次——」

「巴弟，壞狗狗，快下來！」朵莉絲從客廳嚷嚷。

「糟糕，」巴弟說，從椅子躍下，溜出廚房。

巴弟是怎麼搞的？布萊德納悶著。是我的「啦啦隊」？覺得我「通人情」？

不排除是巴弟自宮後導致精神輕度異常。

布萊德回到客廳。朵莉絲在情人座上，穿著布萊德去年耶誕節送她的黑蕾絲馬甲，正跨坐在韋恩酋長的下半身，韋恩酋長的長褲脫到腳踝，正在吻朵莉絲的香頸。

「朵莉絲，我的天啊！」布萊德驚呼。

韋恩酋長是小王？不合理吧。韋恩酋長起碼比他們老十歲，而且肥胖，背長滿了紅毛，連耳朵洞裡也有。

「朵莉絲，」布萊德說。「我不懂。」

「我可以解釋，小布！」韋恩酋長說。「你被**操爆了**！」

「我也是！」朵莉絲說。「不對，開玩笑的啦！布萊德，放輕鬆嘛！看，看這裡！我們全程都有這一層薄薄的玻璃紙保護！」

「老弟，你想歪了，不會吧？」韋恩酋長說。「你眞的以爲，我會在你家客廳，讓你的美女老婆穿你去年耶誕節送的馬甲，對著我的下半身跳深蹲舞，而且還不用一層薄薄的玻璃紙保護？」

沒錯。的確有一層薄薄的護身用玻璃紙覆蓋韋恩酋長的大腿、胸部、以及腫脹的巨根。**操爆了**節目的攝影師從盆栽後面走出來，拿著一份免責聲明書，由朵莉絲代布萊德簽名。

「哇，老公，你臉色多難看！」朵莉絲說。

「他看事情的角度太嚴肅了，」韋恩酋長說。

「太嚴肅了，」朵莉絲說。

「他是在哭嗎？」韋恩酋長說。

「布萊德，不會吧？放輕鬆嘛！」朵莉絲說。「我們的情況終於開始變好玩了咧。」

「布萊德，請不要對我們太認眞，」韋恩酋長說。

「對，不要對我們太認眞，布萊德，」朵莉絲說。「不然下次我們再叫**操爆了**整你，連那層薄薄的玻璃紙都乾脆省了。」

「多省事，」韋恩酋長說。

「呃，是，也不是，」朵莉絲說。「我愛布萊德。」

「妳愛布萊德，不過你被我煞到，」韋恩酋長說。

「呃，我也被布萊德煞到，」朵莉絲說。「要是他對我不要一直這麼認眞就好了。」

布萊德看著朵莉絲。他一心一意只願她快樂。但是他從來都不太成功，到目前爲止都是如此。例如送她六頂帽子，例如爲她在臥房地板上灑滿玫瑰花瓣，例如煮她最愛的大餐卻差點鬧出火警。

連自己的妻子都無法取悅，他又有什麼權利掛念全世界的疑難雜症？未免太狂妄自大了吧？也許，男人的首要職責是創造一個安康的家。如果人人都能創造一個安康的家，全世界的安康家庭就能串聯成一個體系。他應該爲自己的妻子擔心，卻爲貝爾斯東尼人和菲律賓人擔心，這也許是失策。

他思考著該如何改進。

個子最高的菲律賓貧童很有風度，坦然接受布萊德的道歉，然後帶整群菲律賓貧童離開，走進綿覓絨巷，穿越躍幼鹿道和牛蛙徑，轉進小鵝學步弄。

布萊德叫韋恩酋長離開。

韋恩酋長離開了。

朵莉絲站在長滿玉蜀黍的客廳，風姿綽約。

「喔，你是真的愛我，對不對？」她說著親吻布萊德，同時抓起他的手，移向熱辣的豐胸。

我們看見朵莉絲脫下馬甲，抛向巴弟，不讓巴弟看見她和布萊德即將做的事。馬甲掉在生殖器縫合處，巴弟因此皺眉縮脖子，從這模樣判斷，巴弟即將面臨漫漫長夜，布萊德也一樣，而且進廣告的時刻到了。

畫面重回凱瑞根夫婦家。照往例，星期日晚上，朵莉絲的娘家過來吃大餐，菜色包括牛肋排、卡羅萊納火腿、烘烤牛肉、阿拉斯加鮭魚、馬鈴薯泥、剛出爐的餐包、蒙特瑞蘆筍。

「好豐盛啊，」朵莉絲的父親科克說。

「我們的命眞好，」朵莉絲的母親莎莉說。

布萊德覺得自己命好得不可思議。昨夜，夫妻倆在客廳辦事，然後移師浴室，進臥房後再做了兩次。朵莉絲坦承她對韋恩酋長不盡然有好感，只不過最近悶得慌，另外，她也承認自己欣賞韋恩的人生觀率直而向上，不受神經質的疑慮和恐懼污染。

「我猜我只是想找樂子吧，」她昨夜說。「大概只能這樣解釋。」

「我明白，」布萊德聽了說。「我現在懂了。」

「我只是想隨遇而安，享受人生的富足感，」朵莉絲說。「我不想把生命浪費在擔心擔心擔心。」

「我完全認同妳，」布萊德說。

然後，朵莉絲鑽進棉被裡，今晚第三度把他含進嘴裡。布萊德回憶起昨夜，忍不住產生朵莉絲所稱的奶油夾心捲效應，而爲了制衡微微壯大起來的夾心捲，他把念頭轉向溫斯頓家的拳師犬瑪格斯先生出車禍的情景。

鏡頭轉回大餐。舅媽莉迪亞說，「我們剛吃的這一頓，在很多國家，這種大餐只有皇室吃得起。」

「我們一個禮拜丟掉的飯菜，有些國家人民能吃一整年，」朵莉絲的父親科克說。

「咦，應該是，我們一天丟掉的飯菜能餵飽他們一年才對吧，」朵莉絲的母親莎莉說。

「咦，應該，我們一分鐘丟掉的飯菜能餵飽他們十年吧，」朵莉絲的舅父葛斯說。

「總而言之，」朵莉絲說，「我們的命非常好。」

「你們把家裡佈置得很不錯嘛，我喜歡，」舅媽莉迪亞說。「玉蜀黍到處是。」

「秋意濃厚喔，」科克說。

就在這時候，電視機傳來嘹亮的軍樂聲，意思是，一**分鐘新聞快報**即將播放。

鵪鶉愈來愈讓美國民眾食指大動了，布拉佐斯河沿岸陸續興建許多座專業鵪鶉農場，一天能供應一萬隻鵪鶉。負面影響是，豬肉愈來愈被美國民眾唾棄。幸好，過剩的豬隻被屠宰，充當鵪鶉飼料，而鵪鶉嘴磨碎後，最適合用於豐臀手術的填料，以應國內新潮流之需要，品質遠勝過犬脊椎研磨而成的傳統豐臀填料。國際新聞方面，非洲愛滋寶寶的人數突然陡增，每天有一千五百名嬰兒病死，而先前每天死亡人數只有四百。畫面出現一名渾身是蒼蠅的病嬰，躺在類似飼料槽的物品裡。

「我們的命太好了，」舅媽莉迪亞說。

「全球史上，從來沒有一個國家比我們更好命，」科克說。「也沒有一個國家的人民活得比我們久，健康也不會比我們好，尊嚴和自由也比不過我們。古羅馬人比不過。古希臘人也比不過。」

「嬰兒死亡率也是，」舅舅葛斯說。

「我就說嘛，」科克說。「去國外的墓園走走看，嬰兒的墳墓好多啊。在國內，幾乎看不到幾個。」

「除非發生車禍，」舅舅葛斯說。

「除非托兒所娃娃車出車禍的話，」科克說。

「或者是，有人抱著雙胞胎嬰兒走樓梯摔跤，」莎莉暗示著。

鏡頭又捕捉到幾個病嬰躺在飼料槽裡，哀慟的母親也入鏡，同樣是滿身蒼蠅。

「好悲哀喔，」舅媽莉迪亞說。「我幾乎看不下去。」

「我完全看不下去，」舅舅葛斯說著轉頭不看。

「那就換台啊，」朵莉絲的母親莎莉說。

朵莉絲切換另一個頻道。

這個頻道上，在一棟骯髒的屋子裡，六個身穿囚衣的婦女走來走去。

「這節目我知道，」莎莉說，「名叫《大宰妓》。」

「《宰哪一個妓》才對吧？」舅媽莉迪亞說。

「《該宰哪個妓》才對吧？」科克說。

「這六個妓女各個貧窮、不守婦道、無責任心！」旁白說著。「你最恨的妓女是哪一個？哪一個最該死？由美國人表決，由美國人票選，秋季檔隆重登場，大家一起來《大宰妓》！」

「我就說嘛，」莎莉說，「就是《大宰妓》沒錯。」

「不過，她們不會眞的被宰，」科克說。「只是用電腦動手而已。」

「用動畫顯示該死的妓女被宰的樣子，」舅舅葛斯說。

雨來了，後院傳來一陣鬼哭神號聲。布萊德全身繃緊。他等著有人問：哪來的鬼叫聲啊？

然而，似乎沒有人聽見。大家繼續用餐。

從布萊德的愁容，從他向後甩頭髮的姿勢，從朵莉絲瞪他晚餐席間甩頭髮的愁容，我們知道，進廣告的時刻到了。

畫面重回凱瑞根夫妻家。傾盆大雨中，布萊德在熟悉的後院走得辛苦。

「怎麼了？」布萊德大聲問。「你們在慘叫什麼？」

「因爲下雨了，」舉手抗敵不成的焦屍慘叫著。「痛得我們受不了。死者怕雨。尤其是死得不甘心的死者。」

「我怎麼從沒聽說過，」布萊德說。

「相信我，」舉手抗敵不成的焦屍說。

仰躺的這批屍首在地上掙扎，舞出最詭異、最瘋狂的景象，動作持續不間斷，手掌開開合合，腳丫不停屈伸，被烤乾的焦皮禁不住這些動作，表面逐漸龜裂。

「我能幫什麼忙？」布萊德說。

「救我們進去，」女屍喘氣說。

布萊德把焦屍一具具拖走。凱瑞根家是牧場式民宅，沒有地下室，他只好把屍體拖到後門，旁邊有一袋草籽和一座雪橇。

「比較好了吧？」布萊德說。

「我們不知道該從何謝起，」舉手抗敵的焦屍說。

布萊德回到飯廳，見朵莉絲正在端點心上桌：蘋果派、鮮桃派、覆盆梅派、乳雪酪、水果雪酪、咖啡、茶。

「哪裡不對勁嗎，老公？」朵莉絲說。「第二輪點心才剛上桌。奇怪，你上衣沾了什麼東西？」

布萊德的上衣有一處黑漬，看似煤炭，其實是屍泥混合物。

「快去換衣服啦，傻瓜，」朵莉絲說。「你渾身濕透了。奶頭都看得到。」

朵莉絲對他連續揚眉兩次，意思是，激凸的模樣勾起了昨夜場面。

布萊德進臥房，換上一件新的扣領襯衫，隨後聽見重物墜地的聲響，急忙衝出臥房，看見朵莉絲呈大字形趴在後門，一臉驚恐，凝視著遍地焦屍。

「布萊德先生，你怎麼做得出這種事？」她咬牙切齒說。「你以為這種惡作劇有趣嗎？我不肯讓你浪費我們家的玉蜀黍，你想報復，所以要消極反抗的這一招對付我，對嗎？」

「雨水傷害到他們了，」布萊德說。

「我家門口堆滿死屍，傷透我的心了，布萊德，」朵莉絲說。「你有沒有想過？」

「沒有，我的意思是，他們淋雨會痛，」布萊德說。

「我們昨晚幾場巫山雲雨，你現在居然搞這種飛機？」朵莉絲說。「唉，我的心碎了。你幹嘛把每件事都想成這麼悲情？外國、疾病之類的東西，你根本不懂，卻硬要表達一大堆負面意見。你爲什麼不學學韋恩酋長？他零意見。他天天陽光。」

「朵莉絲，我——」布萊德說。

「屍體全給我搬走，」朵莉絲說，「馬上就搬走，蠢材。搬完後，給我把後門擦乾淨，然後再擦一遍，拿小毛毯出去撢一撢。另外，也給我把那面牆壁重新上漆。這種居家環境，叫我怎麼過得下去嘛？艾略特夫妻家院子裡沒有屍體。米莉家也沒有。凱特·朗斯頓家也沒有。溫斯頓夫妻家沒有菲律賓人上門想掠奪室內蔬果。只有我們家遇到這種事。只有我。簡直像我投錯胎了。」

朵莉絲一氣之下衝回廚房，高跟鞋踩得亞麻地板喀噠響，聲音性感。

蠢材？布萊德暗忖。

朵莉絲從來沒有罵他罵得這麼兇。有一次，他不小心把她最心愛的裙子當垃圾丟掉，知錯後拿著手電筒出去挖，結果一隻浣熊走過來，以狐疑的眼神看他。那次她也沒罵得這麼白。

布萊德想起以前，姜納利太太是漸凍人，肌肉漸漸不聽使喚，朵莉絲號召三百名社區民眾，排班為她提供全天候照護。布萊德也記得，鄰居有個智障小孩，名叫羅傑，每次打球都被隊友排擠，朵莉絲自告奮勇擔任隊長，挑選隊員時，頭一號就選羅傑。

那才是朵莉絲的本色。

至於眼前這個女人，他不清楚是誰。

「你老婆脾氣不好，」舉手抗敵的焦屍說。「我是對事不對人。」

「不過，她長得很漂亮，」獨臂焦屍說。

「美國人不是這樣講啦，」女屍說。「他們都說：『她好辣。』」

「你老婆好辣，」獨臂焦屍說。

「你眞的打算趕我們回去嘛，布萊德？」女屍以哭嗓說。

大雨似乎更滂沱了。

布萊德的**秒憶童年**共有八段，其中一段這時映入腦海。有一年國慶日，灰髮蒼蒼的爺爺老瑞克斯帶他去參觀動物園，來到熊籠附近，發現一隻麻雀一腳踩到融化的軟綿糖，寸步難行。老瑞克斯駐足，想幫麻雀脫困，布萊德覺得好丟臉。大家都在看。老瑞克斯拉一拉腰帶說：別這樣嘛，小夥計，我們閒著沒事做，而且身體健康，時間多得是——小傢伙有難，我們不救，誰救？

說完，老瑞克斯取出折疊刀，輕輕刮除鳥腳上殘餘的軟綿糖。然後，老瑞克斯抓著麻雀去噴泉，幫牠洗腳，最後把牠安置到高一點的樹枝。接著，老瑞克斯把小布萊德扛上肩膀，國慶煙火這時照耀天空，祖孫一同去看海豚。

那才是男子漢大丈夫，布萊德心想。

也許，這節目的問題癥結是心眼太小。做這節目，只忙著把水管捲好，爲野鳥飼料容器添飼料，以俏皮話奚落別人的短處，煮大餐，也不忘拿大便開玩笑，講講葷笑話。節目雖然別有情趣，但說穿了，基本上是個自私的節目。也許，改進節目的作法應該是擴充節目的心眼。心眼開展後，節目會變什麼樣？理想型態的節目應該怎麼做？

嗯，一動腦，他就想出一個點子。

他進工具間，找出一面遮雨布，配合曬衣繩搭成帳篷，然後拿雨傘搬屍體出去。

「慢慢來，慢慢來，」獨臂焦屍說。「可別撞上欄杆，害我變獨腳屍。」

就在這時候，後門轟然打開。

「布萊德先生！」朵莉絲從屋內大吼。「我剛剛是叫你把餓鬼搬進院子，還是叫你幫餓鬼蓋個玩偶屋？」

「餓鬼？」獨臂焦屍說。

「不太厚道吧，」女屍說。「我們又沒罵她。」

布萊德滿臉歉意面對焦屍群。顯然，夫妻溝通一下的時刻到了，他該回屋內，和朵莉絲坦白交心。

待會兒，他會說：朵莉絲，妳怎麼變成這樣？妳的慷慨心哪裡去了？我們家這麼大，老婆，冰箱天天爆滿。不管我們需要多少錢，銀行帳戶會自動生那麼多錢，我們兩個甚至不用出門去上班。我們能擁有或取得的東西似乎毫無具體限制，爲什麼不多多散播我們的好運呢？甜心，說不定，我們的節目宗旨就是大舉散播我們的好運？假如我們有，嗯，有一家專業直升機呢？也有專業航空裝？還有代號？也有大批糧食和藥品，有一組專家顧問，必要時能提供最應急的資源，這樣不是很好嗎？

光明向上，有。娛樂性，也有。

這種節目，誰不想看？

布萊德激動得滿身雞皮疙瘩。他的臉突然熱起來。破天荒的好點子。朵莉絲聽了能認同嗎？她當然會。她是朵莉絲，是他的朵莉絲，是他鍾愛一生的女人。

他迫不及待想告訴朵莉絲。

他伸手想開門，門卻鎖著。

從布萊德心虛的表情，從突然演奏的「哇－哇」凸槌音樂，我們得知，說服朵莉絲可能知易行難，同時也知道，進廣告的時刻到了。

畫面重回凱瑞根夫妻家。朵莉絲的父親科克、母親莎莉、舅舅葛斯、舅媽莉迪亞突然身穿正式禮服，同樣身穿正式禮服前來的另有萊恩醫師夫婦、孟南迪斯夫婦、強森夫婦以及甸姆太太。

就在這時候，門鈴響了。

朵莉絲穿著清涼的白色 Dior 洋裝，腳踩金錐高跟鞋，遞給莎莉一盤肉丸，匆匆去應門。

站在門口的是布萊德。

「不曉得怎麼搞的，我被鎖在外面，」他說。

「嗨，布萊德，」朵莉絲說。「想來借牛油嗎？」

「好冷的笑話，」布萊德說。「咦，這是妳新買的洋裝嗎？才一轉眼，妳就換衣服了？」

此時，布萊德注意到，韋恩酋長也在，萊恩醫師夫婦、孟南迪斯夫婦、強森夫婦、甸姆太太也來了，人人都盛裝。

「怎麼一回事？」他說。

「布萊德，現階段的狀況有點混亂，」韋恩酋長說。「可以說，我們正值轉型期。」

「朵莉絲，方便私下講幾句話嗎？」布萊德說。

「恐怕這時候不方便私下講話，小布，」韋恩酋長說。「我剛剛說過，我們正值轉型期。」

「我們最近忙歪了，最近忙得天翻地覆，幾乎沒空想事情，」朵莉絲說。「能想什麼事情，誰曉得呢？」

「我的解釋是，」韋恩酋長說，「我們正值轉型期，別的就不用再多說了，寶貝。」

布萊德發現，韋恩的酋長帽不見了，鹿皮緊身褲也換成Gucci緊身長褲，上衣是Armani貼身襯衫。

就在這時候，在碗櫥附近，也就是播放主題曲和旁白的地方，傳出低嗓門的旁白。

「由於劇本疏失，」旁白說著，「韋恩酋長原來不是酋長，而是查茲．韋恩，是個罹患癲癇症的情色影音業者，酷愛奢華生活，喜歡回憶越戰惡夢！」

一個布萊德從未見過的刺青青年從掃帚間走出來。

「我是小白，是查茲．韋恩上一場失敗婚姻的產物，最近入獄服刑，罪名是殺害一名頭部甲狀腺腫大的黑心警察，」刺青男說。

「我是巴弟，他們養的狗，」巴弟說。布萊德注意到，巴弟穿著迷你燕尾服，沒穿褲子。「我有復發性狂犬病，連帶有憂鬱症。」

接著，查茲．韋恩一手攬住朵莉絲。

「這位是我老婆朵莉絲，以前跳過脫衣舞，隆乳填料有一邊漏餡，」查茲．韋恩說。

「我提議大家，」科克說。「向新婚夫妻敬一杯！」

「向朵莉絲和查茲敬一杯，」舅舅葛斯說。

「向朵莉絲和查茲敬一杯！」眾人齊聲說。

「喂，等一下！」布萊德說。

「布萊德，說實在話，」朵莉絲咬牙切齒說，「你最近捅的婁子還不夠多嗎？」

「你想借的牛油來了，凱瑞根，」莎莉遞給布萊德一塊牛油。「滾回家去吧。」

布萊德似乎呼吸困難。從**邂逅剪影**他得知，他對朵莉絲是一見鍾情。那一天，朵莉絲站在院子圍牆裡的一角，身上一襲炎夏洋裝。第一次約會，冰淇淋從他的甜筒滑落。度蜜月，兩人在瀑布下熱吻。

這下子該怎麼辦？跪求朵莉絲原諒嗎？揍韋恩一頓？趕緊開始拿大便開玩笑？

就在這時候，門鈴響了。

是溫斯頓夫妻。

至少就布萊德的印象，這一對是溫斯頓夫妻。不同的是，溫斯頓先生的額頭多了一條手臂，額頭也有一對豪乳和陰戶，此外，他好像也多出一條腿。溫斯頓太太少了一條腿，胸部傲人，肩膀長出一條陰莖，滿口雪亮的皓齒好像徹底裝修過。

「約翰？梅伊？」布萊德說。「你們怎麼變成這樣？」

「**極限外科**，」溫斯頓太太說。

「我們去做**極限外科**了，」溫斯頓先生說。汗水從他的額頭手臂流進乳溝。

「我們不介意啦，」溫斯頓太太快口說。「能變得，嗯，有趣一點，我們也高興嘛。」

「見大家都能盡點力，心情眞好，」查茲・韋恩說。

「幾乎大家都有盡力，」舅舅葛斯說著對布萊德皺眉。

就在這時候，客廳傳來歇斯底里的吠叫聲。

大家衝向客廳，發現驚恐的巴弟瞪著一個渾身赤裸、容貌羸弱、到處是膿瘡的黑人寶寶。

「它奇蹟似的出現，」巴弟說。

寶寶以部落民族織充當尿布，臉、腿、胸部佈滿濃瘡，萊恩醫師因而斷言，這嬰兒是來自非洲撒哈拉沙漠南部，是HIV帶原者。

「我們幫他取個名字吧？」巴弟說。「是女的嗎？」

萊恩醫師掀開部落織匆匆看一眼，說，「是男嬰。」

「可以叫他道格嗎？」巴弟說。

「不准幫他取名字，」朵莉絲說。

「巴弟，」查茲說，「再告訴我們一遍，這嬰兒是怎麼進來的？」

「他奇蹟似的出現，」巴弟說。

「可以詳細一點嗎，巴弟？」查茲說。

「好像是從天花板掉下來的吧？」巴弟說。

「嗯，照你這麼說，解決的辦法一想就有，」查茲・韋恩說。「乾脆直接把他放回屋頂去吧？」

「我覺得很公平，」溫斯頓先生說。

「只不過，這間的屋頂傾斜度蠻大的，」科克說。「可憐的他可能一被放上去就會滾下來。」

「不然，幫他搭一個迷你平台好了？」舅舅葛斯說。

「然後用膠布把他固定？」甸姆太太提議。

「布萊德，你覺得怎樣？」查茲．韋恩說。「要不要自告奮勇？再怎麼說，我們又沒申請要這個嬰兒，既不認識這個嬰兒，也沒害這個嬰兒生病，跟這個嬰兒至爲不幸的遭遇完全無關。他老家也不知道是哪一個野蠻退化民族。」

「怎麼辦，凱瑞根？」朵莉絲的父親科克說。

布萊德直視著嬰兒的臉龐。臉蛋長得眞美。只可惜臉上有濃瘡。漂亮的小寶貝是怎麼來的？布萊德沒概念，總之嬰兒就來到眼前。

「別這樣嘛，各位，」布萊德說，「趕他上屋頂，保證會活活餓死。而且，他會被曬傷。」

「呃，布萊德，」舅媽莉迪亞說，「他來這裡之前就餓掉半條命了，又不是我們造成的。」

「而且，他是非洲人，布萊德，」朵莉絲的母親莎莉說。「非洲人有特殊的黑色激素。」

「我才不願意把任何一個寶寶放到任何一家的屋頂，」布萊德說。

一陣異樣的肅靜籠罩客廳。

接著，我們聽見熟悉的音符，意思是，後院再度形變了。我們看見，熟悉的凱瑞根家後院如今一片荒漠，到處是鼻子鑽來鑽去的野豬，對著焦屍大咬。

「布萊德！」舉手抗敵的焦屍吶喊。「布萊德，求求你，快救救我們！」

「我們快被豬吃掉了！」獨臂焦屍吶喊。

「有隻豬正在吃我的腰臀！」舉手抗敵的焦屍驚呼。

「不要，布萊德，」朵莉絲說。「不要去。」

「做事前要好好考慮哦，小布，」查茲．韋恩說。

「仔細聽我說，布萊德，」朵莉絲說，「爬到屋頂上，安裝一座平台，用膠布把愛滋寶寶黏在屋頂平台上，然後趕快下來，拿你想借的牛油回家。」

「否則……」查茲．韋恩說。

後院傳來啜泣聲。

啜泣和嗚咽聲。

否則怎樣？布萊德暗忖。

布萊德回想起爺爺。被迫住進養老院的老瑞克斯說：小夥計，有時候，人如果想維持做人的尊嚴，非自己打拼不可。隔天，老瑞克斯揹走布萊德的背包，消失無蹤。多年後，家人發現，在人生最後幾個月，老瑞克斯搭便車環遊西部，先後和幾位女服務生交往。

遇到這種情況，老瑞克斯會怎麼辦？布萊德思索著。

有了。

布萊德衝到屋外，撿起一把裝飾用的熔岩，對著野豬猛砸，趕牠們逃向後院盡頭乾涸見底的集水區，和兀鷹爲伴。

然後，他推著單輪車運焦屍，在側院來回飛奔，跑過空調機和紙漿小丑頭。有一集，朵莉絲三十歲生日逼近，布萊德製作這個小丑來提振她心情。布萊德先搬走備胎和朵莉絲的運動袋，然後把焦屍運上Suburban休旅車車尾。

然後，他衝回屋子裡，抱走道格，衝出去，把寶寶塞進女屍和舉手抗敵的焦屍之間，自己坐上駕駛座。

他打算開車駛進綿鳧絨巷，穿越躍幼鹿道和牛蛙徑，轉進小鵝學步弄，送道格進西

坡迷你商場裡面的**急救診所**，左鄰是**寵物銀河**，右舍是**燙髮之家**。然後，他想進到韋恩酋長以前的公寓。他想清車庫來擺屍體。他想把韋恩酋長的客房改裝成嬰兒房給道格睡。他想照顧道格和焦屍，每天回這裡借牛油，他的視線盡可能和朵莉絲接觸，勸她離開查茲・韋恩，陪他一同做大事。

想到這裡，布萊德熱淚盈眶。

唉，朵莉絲，他想著。難道是我看走眼了嗎？

就在這時候，一輛灰色廂型車急駛進車道，六名員警跳下車來。

「是他嗎？」員警之一問。

「很遺憾，是的，」門廊上的朵莉絲說。

「和外來的菲律賓人從事動機可疑的接觸，把無生命跡象的死屍搬進私人車輛，形跡變態，目的惡毒，歹徒是不是他？」另一名警察說。

「很遺憾，是的，」查茲・韋恩說。

「嗯，我想我們全從這件事件學到教訓，」莎莉說。

「我學到的教訓……」朵莉絲說，「是讚美上帝，讓我們總算能在充滿希望的氣氛裡，撫育未來的子女，至高無上的信念是感激，感謝上帝賦予的所有恩典，不再有神經質和自我鞭笞。」

「我贊同，幫我再講一遍，」舅舅葛斯說。

「呃，我大概背不出來了！」朵莉絲說。

「妳那張辣嘴擺著不用幹嘛？哼，給我用吧？」查茲・韋恩說，然後給朵莉絲一記來勢洶洶的舌吻，雙手溜向她豐滿的酥胸。

在被警察押進警車之前，這是布萊德見到的最後一幕。

警車門正要關閉之前，布萊德忽然領悟，在車門緊閉的那一剎那，警車內部將成爲一片灰茫茫的單調空間，情景嚇人。他從小到大都聽過，劇本「被砍」的人最後都淪落到這個地方。

警車門緊閉了。

警車內部成爲灰茫茫的單調空間。

前院的電視機發出嘹亮的軍樂聲，表示一**分鐘新聞快報**即將播映。

最近加拿大雁飾品正夯，常有民眾手持苯乙烯膠膜噴霧器，對著活生生的加拿大雁噴灑，加拿大雁瞬間暴斃，柔軟的鳥屍可供人任意扭曲形狀，容易塑造成滑稽的姿勢，也可以在**乾拭**卡通氣球上寫搞笑語，讓鳥嘴叼著施放，據說蔚爲夏季戶外舞會的新風潮，保護動物人士爲此表達關切之意。**趣雁！**發明人聞訊已同意，在對加拿大雁噴灑苯乙烯之前，開始採取先投以安眠藥的措施。國際新聞方面，國防部證實，美軍在塔魯奇斯坦不愼轟炸部落民舉辦的婚禮。畫面出現六具被包裹住的屍體，旁邊有六個埋葬用的淺坑，土質看似乾得不能再乾，附近有一棵扭曲嚇人的枯樹。

「我們非去買幾隻**趣雁！**不可！」朵莉絲說。

「順便買個烤肉爐，也買幾個烤肉醬浸泡盤，」查茲．韋恩說。「這樣，我就能辦一場夏季舞會，找我認識的幾個淫蕩脫星來參加，叫她們穿得越清涼越好，來幫我們烤點風味特殊的東西。」

「我也該構思一下，氣球上該寫什麼搞笑語，」朵莉絲說。

「希望我能邀請狗朋友來……」巴弟說。

「狗朋友有屁股嗎？」查茲．韋恩說。

「重要嗎？」巴弟說。「只能邀請有屁股的狗朋友嗎？」

「我只是在懷疑，應該烤什麼東西才好。」查茲．韋恩說。「他們要是沒屁股，我可能要挑比較容易消化的東西。」

「他們有幾個有屁股，」巴弟以受傷的口吻說，但語氣帶有聽天由命的意味。

隨後，熟悉的音符飄來，意思是，後院又形變了。這次，我們看見熟悉的後院變回原狀，唯一不同的是，變得比以前更好。這次的草坪綠油油，花園裡的玫瑰花怒放爭豔，**轟趴之夜**用的油坑旁有一座游泳池，附設漂浮酒吧，泳池另一邊是一組模樣吸睛的**趣雁！**，**乾拭**卡通氣球表面空白，勾引著創意心。

朵莉絲和查茲帶賓客進院子，歡樂的夏季舞會音樂翩然響起，由此可見，舞會即將開始，進廣告的時刻也來臨。

畫面重回凱瑞根家。布萊德在灰茫茫的單調空間裡載浮載沉。

在一旁無重力飄浮的是韋恩酋長的老馬白貝珠。布萊德記得，白貝珠登場的那一集，大家在屋裡打牌，白貝珠在院子裡，想坐進吊床，不料卻把吊床壓垮。

「他以前騎我縱橫大草原啊，」白貝珠嘟噥著。「赤腳戳我的腰，稱讚我多麼忠心。」

布萊德知道，這太複雜了。他明白，如果白貝珠淨想一些複雜的思想，很快就會退化成一團軟趴趴的膠狀物，假如有重獲新生的話，牠會變成白貝珠以外的角色。布萊德知道，置身灰色空間，如果想變回原來的自我，自始自終最要緊的是心無旁騖，對個人的原始身分念念不忘。

「布萊德布萊德布萊德，」布萊德說。

「我以前好像常吃乾草，」白貝珠說。「不是乾草就是玉米。或者是豆子？總之是穀物，可能吧？至少我覺得好像是。可惡啊。唉，天啊。」

白貝珠講不出話，逐漸失去馬的形體。不久後，牠化成體積和一匹馬差不多的一團膠，隨後，體積縮小成近似矮腳馬的一團膠，接著變成如狗一般大的一團膠，動作遲鈍，無法言語。

「布萊德布萊德布萊德，」布萊德說。

後來，他的心思渙散了。他身不由己。他掛念貝爾斯東尼人，他們在警察局被大塑膠袋密封，心情多惶恐，可想而知。他掛念可憐的小道格，小道格目前甚至有可能還困在熟悉的凱瑞根家屋頂，即將被曬死或餓死。

他想著，他們好可憐啊，可憐可憐的傢伙。都怪我當初不夠盡力。當初怎麼不早點想辦法。早該預料到會有這種發展。

布萊德低頭看。他的兩隻腳如今融化成兩小團膠狀物，附著在兩根棍子形的膠狀物上。短短幾秒前，這兩根是他穿著卡其褲的腿。

他明瞭，他快消失了。

他快消失了，而且不會以布萊德的身分回來。

至少他想努力保存這份憐憫心。如果留得住，日後不管他化身成誰，化身都將繼承這份憐憫心，能化憐憫爲行動，不至於像現在的布萊德，後悔莫及，美好人生全被浪擲在瑣事、自保、虛榮、蓄積財物上。

他努力喊自己名字，可惜連名字也忘了。

「可憐的傢伙，」他說，因爲現在的他只認得這句話。

勸誘之邦

一

一對男女坐在滿地的雛菊上。

「一生一世？」他說。

「一生一世，」她說。語畢，兩人接吻。

一個特大號的Twinkie奶油夾心捲跑過去，大約兩百名年輕女子在後面猛追。

女主角蹦一下，站起來，也跟著追夾心捲。

「全世界最甜蜜的東西，」旁白說，「甜度有增無減。」

男主角愁眉苦臉坐著，只有滿地的雛菊陪伴。

幸好這時候，一個巨大的叮咚糖霜夾心巧克力蛋糕跑過去，大約兩百名年輕男子在後面猛追。

男主角蹦一下，站起來，也跟著追叮咚。

「別擔心，」旁白說，「甜點多的是，別怕沒得吃！」

叮咚一手摟住年輕男主角，男主角抬頭對叮咚微笑，叮咚彎腰，對著他頭頂親一下。

二

一名老婦人推著助行器蹣跚過馬路，一名青少年潮男正在看她。

「外婆來了！」他大喊。

他把一份**大胃王彎管義大利麵加起司**放進微波爐，戴上耳機，拿電玩出來，因爲加熱午餐的四十秒期間，他怕自己悶出病來。一輛卡車繞過轉角駛來，把外婆撞飛了。外婆飛越屋頂，掉進後院，命大降落在彈跳床上，倒楣的是，她被彈回去了，再度飛越屋頂，掉在前院的一叢玫瑰裡。

「提米，」虛弱的外婆說。「叫救護車。」

就在此時，微波爐「叮」了一聲。

我們從提米的表情得知，他的內心正在掙扎。

「提米，乖孫子，」外婆說。「看在老天份上，是我啊。你的外婆，乖孫子。」

提米回過神來，端出微波爐裡的彎管義大利麵加起司，坐下來，懶洋洋地吃著，繼續戴著耳機打電玩。

「有時候，人只顧著吃**大胃王**就好，」旁白說。

外婆在玫瑰叢裡，一臉懊惱。我們看得出，她是個脾氣古怪、模樣古板的老醜婆，大概沒有酷到准孫子吃**大胃王**的程度，只可能強迫他吃一些老人家才吃的古老東西，例如麥粥或水果。

然後，幸運的是，外婆的頭向後仰，氣絕身亡。

三

一顆柳橙和一根**怪咖巧克力棒**坐在流理台上。

「我含有維他命C，」柳橙說。

「我也有，」**怪咖巧克力棒**說。

「我有天然纖維，」柳橙說。

「我也有，」**怪咖巧克力棒**說。

「眞的？」柳橙說。

「你罵我說謊嗎？」**怪咖巧克力棒**說。

「沒有啊，」柳橙客氣地說。「我只是憑印象講話而已。我讀過你的成份標籤……上面寫說，你大多數成份是人工色素、新型可食用塑膠產品，也有高果糖玉米糖漿。所以我搞不太懂纖維在哪裡。」

「咖到你叫媽媽！」**怪咖巧克力棒**說完衝向柳橙，用尖角捅柳橙一下。

「天啊，」柳橙痛得喊一聲。

「你被捅得血肉模糊了，」**怪咖巧克力棒**說。「我身上有被捅得血肉模糊的地方嗎？沒有。我的包裝完好如初，你這個弱者。」

「我含有零脂肪卡路里，」柳橙有氣無力說。

「我也是，」**怪咖巧克力棒**說。

「怎麼可能？」柳橙氣到沒力說。「你的成份有百分之八十是高果糖玉米糖漿。」

「咖到你叫媽媽！」**怪咖巧克力棒**大罵，衝過去，以尖角對著柳橙身上猛捅好幾次，招架不住的柳橙因此滾落流理台，掉進垃圾桶，裡面有一塊模樣變態的雞屍骨和兩個邪惡的空汽水罐，斜眼瞪著他。

「這下子，你含有零和零和零，」**怪咖巧克力棒**說。

「**怪咖巧克力棒**，」旁白說，「想作怪的時候來一咖！」

四

兩個至交正在使用兩台高倍率顯微鏡，各自對準自己的陰莖看。

「這算什麼**加長版**？」其中一人說。

「吉姆，我就多了四吋，」另一人說。「建議你試試看我用的牌子。」

「你用什麼牌，凱文？」吉姆說。

「我的品牌是，我在大峽谷的懸崖邊站幾小時，陰吊一塊磚頭，」凱文說。

「好吧，凱文，」吉姆說。「從幼稚園到現在，你一直是我最要好的朋友。我可以試試看。」

隨後，我們看見吉姆站在大峽谷的懸崖邊緣，陰莖垂掛著一塊磚頭，凱文則踮腳尖走向吉姆的車，旁白這時說：龐帝克精米車：精密絕頂，害你可能騙知己去陰吊磚頭！

陰吊磚頭的吉姆苦不堪言，凱文趁機開走吉姆的精米車。車輪在地面摩擦出聲，吉姆轉身看，不料陰莖被扯斷了，垂直墜入大峽谷。吉姆哭笑不得，自知中計了，但也認同凱文對車款的品味不俗，然後開始往下攀爬，進大峽谷去撿鳥，希望能接合成功。

五

在養老院，一名年輕人臨走前擁抱年邁的祖父母，可能今生無緣再抱了。

「孩子，我勸你一句……」祖父說。「想成家，就找一個像這樣的女人。」

年輕人含淚轉身要走，汽車鑰匙不慎落地，於是他彎腰去撿，這時一包**多力多滋**從他的口袋掉出來。

爺爺奶奶見狀一擁而上，快動作爭奪那包**多力多滋**，不惜彼此又踹又咬又掐。最後，祖父以手肘硬頂了祖母喉嚨一下，祖母喪失意識，祖父總算勝出。

「爺爺，你怎麼做得出這種事？」年輕人說。「只不過是一包**多力多滋**嘛。」

「只不過是一包**多力多滋**？」祖父反問。

「人渣，講什麼鬼話，」恢復意識的祖母說。祖父母一同對著**多力多滋**點一下頭，拿著整包**多力多滋**猛撞孫子，把他撞倒，對著他連續亂踹好幾次。

「奶奶，爺爺，拜託，別再踢了！」年輕人說。

聽見有人喊「奶奶」，祖母猶豫一陣，**多力多滋**這時對她擺臭臉。祖父趁機踹她肚子，她不支倒地。

「你以為你是誰啊？」年輕人對著**多力多滋**大罵。「自以為是神嗎？你只是一包墨西哥玉米脆片，而且裡面加了很多鹽，還有差不多九種色素！就這樣而已！你就這麼簡單！」

多力多滋從背後抽出一把大刀，斬斷年輕人的頭。

「看你還有什麼話好說！」祖母說。

「沒了，」年輕人的頭說。

「你愛**多力多滋**勝過其他東西嗎？」**多力多滋**說。

年輕人的頭猶豫著。

多力多滋把他的頭劈成兩半。

在**多力多滋**的慫恿下，祖父把頭的一半踢到馬路上，一輛**多力多滋**卡車路過，把半頭碾成一團爛糊。沒被碾爛的另一半見狀挑起眉毛，忽然害怕起來。

「要不要來一片**多力多滋**？」祖父說。

「要，」沒爛的半頭說。

「應該說，要，請給我……」祖父提示。

「要，請給我，」半頭說。

「要，請給我，對我而言，**多力多滋**比意境最奧妙的花蜜更甜美，」祖父說。

「要，請給我，對我而言，**多力多滋**比意境最奧妙的花蜜更甜美，」半頭說。

「想得美，」祖父說。「你連**多力多滋**的渣都不配！」

語畢，祖父把半頭踹到馬路上的爛糊旁，**多力多滋**卡車倒車，半頭被壓扁，化爲另一團爛糊。

「你還相信**多力多滋**只不過是一包玉米脆片、加了很多鹽巴、差不多有九種色素嗎？」祖父對著兩團爛糊吶喊。

兩團爛糊嚇得不敢回應。

多力多滋和祖父母以滑稽的動作，跨過爛糊，腳提得特別高，彷彿避之唯恐不及。

祖父母倆逃離養老院，想投奔**多力多滋**邦，雖然**多力多滋**邦並不盡然在墨西哥，但和墨西哥極爲相似。

六

前方不遠處，祖父母和**多力多滋**看見**多力多滋**邦了，景色荒涼優美，極目所及盡是成包的**多力多滋**，正在辛勤工作。

忽然間，路中間有兩團爛糊，擋住他們去向。

「搞什麼……？」酷愛**多力多滋**的祖父說。

突然間，被卡車撞飛、被孫子提米見死不救、死在玫瑰叢裡的外婆來了，和爛糊作伴。

隨後，被**怪咖巧克力棒**亂捅的柳橙來了，加入外婆和爛糊。

然後，無鳥男吉姆來了，加入外婆、爛糊和柳橙。吉姆走路仍一跛一跛，偶爾低頭瞠目結舌看著褲襠，不敢相信自己的眼睛。

「閃開啦，」**多力多滋**說。

「我們想回家，回到神聖的**多力多滋**邦，」酷愛**多力多滋**的祖母說。

就在這時候，和大叮咚共譜一小段戀曲的男子衝過來，加入外婆、爛糊、柳橙和無鳥男吉姆的行列。

「抱歉，我來晚了，」他說。

「不會啊……」柳橙說，口氣隱含一絲囂張。「你來得正是時候。」

祖父母和**多力多滋**發現，敵方的人數大大超過我方。

幸好，在這時候，大叮咚、**怪咖巧克力棒**、外孫提米（到現在還拿著大胃王容器吃著），以及把吉姆騙到失鳥的朋友凱文。

「我們不懂，」酷愛**多力多滋**的祖母說。「你們到底少了哪根筋啊？」

「你們搶走了我們的尊嚴，」柳橙說。

「你搶走了我的未婚妻，」和大叮咚共譜一小段戀曲的男子說。

「你搶走了我的陰莖，」吉姆說。

「你把我的頭砍成兩半，害它們被碾成兩團爛糊，徹底背棄祖孫情誼，」爛糊之一說。

「哎唷，竟然這樣講？」酷愛**多力多滋**的祖母說。「你們這些人，難道沒聽過『鬧著玩』的概念嗎？」

「沒聽過『好好笑』的概念嗎？」**多力多滋**說。

「我們只想照個人風格表現自我風格，」大叮咚說。「我們覺得這樣很好玩。」

「哼，我們倒不覺得好玩，」無鳥男吉姆說。

「哼，我們倒覺得好玩，」騙得朋友失鳥的凱文說。

「按照這個情況，我們只好互相尊重對方的意見，」大叮咚說。

「不行，」外婆說。「這歪風拖太久了。」

柳橙、和大叮咚共譜一小段戀曲的男子、無鳥男吉姆、外婆、爛糊這一群人，由於個別經歷的小片段一播再播，害他們長年累月身心受到羞辱，再也忍無可忍，群起發動攻擊。

雙方掀起一場激戰，現場只見一大團塵土。我們之所以知道戰況激烈，是因爲從塵土裡飛出幾隻手腳、一個瓶蓋、幾小塊可口的巧克力碎屑，以及一片柳橙皮。

待塵埃落定之後，我們看見叮咚／**多力多滋**／提米／酷愛**多力多滋**的祖父母／凱文／**怪咖巧克力棒**聯盟死了，唯有**怪咖巧克力棒**剩半條命。

「求求你們，手下留情，」**怪咖巧克力棒**說。

「你對我們手下留情過嗎？」無鳥男吉姆說完，擺出空手道手刀的姿勢，給予**怪咖巧克力棒**致命的一擊。

柳橙累積了滿腔怒火，氣瘋了，衝向**怪咖巧克力棒**，以細小的牙齒把他咬得稀爛，直到被聯盟的其他成員拉開才停手。

柳橙／外婆／和叮咚共譜一小段戀曲的男子／爛糊／無鳥男聯盟的成員合作，把叮咚／**多力多滋**／提米／酷愛**多力多滋**的祖父母／凱文／**怪咖巧克力棒**聯盟的屍首拖到外面，挖個淺坑，把他們集體埋葬。

然後，柳橙聯盟離開，爲剛才所作所爲微微反感，尤其是柳橙，他幾度難過到無法滾動，無鳥男吉姆只得把他撿起來，往前方的路上拋投出去。吉姆碰巧手勁非常強。

七

怪咖巧克力棒慘遭謀殺，綠色包裝紙被扯破一角，三角形的這一角被風吹向沙漠，最後被仙人掌勾住。

我們環視四周，看見綠三角仍有呼吸。

接下來幾小時，綠三角的呼吸恢復穩定。活下來了。有救了。

綠三角被勾在仙人掌上連續幾小時，日復一日，滿懷恥辱和盛怒，腦子裡興起一連串深刻的性靈領悟，感念創世造物者無與倫比的神力，認定祂是世人生生不息的唯一因素。

神要的是什麼？

綠三角不知道。它怎麼可能知道？它不過是包裝紙被扯破的一角。

然而，冥冥之中必然有一份神的計畫在醞釀中。綠三角有感。大家全誕生在神的小片段裡，而這些小片段是大家的歸宿。有了小片段，大家的人生才有意義。假如神沒有命令大家一五一十照小片段的意思行事，那麼，大家為何全有一股強烈的衝動，只想依循小片段依樣畫葫蘆？因此，如果想活得心安理得，最好的作法是凡事以小片段為依歸，盡量賣命照著做，見他人阻撓，必須使盡全力反抗，好好遵照神聖小片段的意思挺進。以卑微的綠三角而言，若想和大神交流，這不啻為一個好方式——也許是唯一的管道。

綠三角祈禱著，接納我吧，讓我變謙恭，使我更能接受您的旨意。

倏然間，綠三角感覺內心湧入一大股力量，盈灌滿腔，改變了整個人，也改造了原本僅僅是**怪咖巧克力棒**包裝紙一角的自我認知。舊我幾乎被遺忘了，被更宏觀的新我吞噬。

接下來一星期，藉由不斷祈禱，綠三角的尺寸壯大了超過四倍，漸漸產生微光。綠三角一次又一次奮力聳肩，每動一次就筋疲力竭，但它一心想掙脫仙人掌的掌控。

最後，綠三角掙脫成功了，掉到地上。

隨風無定向飛了幾天，綠三角學會調整姿勢來控制航線。不久後，它竟然會飛了，訣竅是整個身體往內縮，同時拉直「頸子」。

接下來數週，它白天練飛，晚上打坐冥想偉大的新眞理，在不知不覺中，它逐漸從塑膠玻璃紙包裝的一角，進化成一個長三角形的綠色符號。

八

南北戰爭結束後，林肯站上蓋茲堡講台，進行演說，全場聽得如癡如醉，唯有前座一名男子例外。男子不斷舉手，在位子上跳上跳下。

「你有問題想問嗎，先生？」林肯說。

「溫蒂漢堡的**雞船激錦大餐**，」男子說。

「這哪算是問題？」林肯說。

「溫蒂漢堡推出的**雞船激錦大餐**……」男子說。

「恕我無法理解你的意思，先生，」林肯說。「本人今天想對在此地爲國捐軀的將士們致敬。」

「對這個致敬啊，大鬍子怪叔叔！」男子說著，在胸口按下一個鈕，全身瞬間變成一個巨大的**雞船激錦大餐**，換言之是個形狀像十九世紀帆船戰艦的人工雞肉製品，以芹菜莖爲槳，船帆是薄如威化餅的墨西哥玉米脆片。

然後，**雞船激錦大餐**拍拍翅膀和船帆，飛向林肯，在他的頭周圍繞圈，撞掉林肯的大禮帽，用船上的迷你砲噴得林肯滿臉莎莎醬。

「雞肉打造的船，風味絕佳，絕對比這個過時的老頭更鮮，誰有同感？」**雞船激錦大餐**說。

「我，」格蘭特將軍說。

「我也有，」拯救黑奴的英雄哈莉特．塔布曼（1822-1913）說。

「我們徹底贊成！」幾個北軍亡魂說。

「全民共享三明治！」**雞船激錦大餐**說。「因爲美味，美國才偉大！」

「而不是因爲嘴皮動個不停！」林肯夫人說。

戰場上的大砲砰砰發砲，數十個**雞船激錦大餐**頂著小降落傘，從天空飄落，十九世紀的民眾們忽然激情難耐，衝上前來，林肯被推倒踐踏，北軍將士墓也挨踩，眾人爭搶著自己應有的**雞船激錦大餐**。即使是北軍亡魂也踩踏自己的墳墓。一名獨腿北軍亡魂只搶到一小塊三明治麵包。

突然間，又有一座大砲開火了。一顆大砲正中超大型的**雞船激錦大餐**胸口，它瞬間斷氣，雞肉——脆片——莎莎醬的爛泥噴灑得現場觀眾滿頭滿臉，每個**雞船激錦大餐**裡面附贈的可食用塑膠小兵也激射而出，落在眾人身上。

「總統先生，」有人說，「請繼續。」

大砲的煙硝散去後，我們看見，大砲後面站著柳橙／外婆／和叮咚共譜一小段戀曲的男子／爛糊／無鳥男聯盟。這座大砲是擊中特大號**雞船激錦大餐**的兇手。

林肯總統向聯盟點頭致謝，整理一下講稿，然後繼續演說。

九

長三角形綠符號終於壯大到能動身了。它拋下仙人掌起飛，飛渡群山和大城市，翱翔在蜿蜒的河床上空，彷彿在無形的吸引力引導下，抵達如今已荒涼的蓋茲堡戰場。民眾已經回到十九世紀的家中。林肯也已經返回華府。戰場上徒留**雞船激錦大餐**殘破的肢體。

長三角形綠符號輕盈飄浮在**雞船激錦大餐**上空，對著它發射數百道綠色探照光束以示同情，試著瞭解狀況。

隨即，一股悲憫/盛怒竄遍綠符號全身，它加速離去。

十

柳橙/外婆/和叮咚共譜一小段戀曲的男子/爛糊/無鳥男聯盟來到一片廣大的荒原，景物悽愴。

忽然，他們遠遠看見一座城鎮。

來到城鎮邊緣，他們遇到一隻頭被斧頭砍中的北極熊、一名下半身被烤脆的布偶男孩、六名手持啤酒瓶的無頭勞動階級男人，以及慘遭爆蛋的伏爾泰。爆蛋是一種整人法，受害者內褲被人往上猛扯，往往痛不欲生。伏爾泰痛到雙眼瞪圓，眼睛瞪大到超出人眼極限。

「我的天啊，」柳橙說。「你們遇到什麼事了？」

「我闖進一間愛斯基摩人的住家，想偷吃**奇多**，」被斧頭砍中頭的北極熊說。

「在我表演偶劇的期間，有位觀眾正在吃**火燒肉桂捲**，我太靠近他，結果身體起火，」布偶男孩說。

「一大罐雷達殺蟲劑爆我鳥，」伏爾泰說。

「爆蛋才對，」布偶男孩說。「爆蛋和爆鳥不是同一回事。」

「一大罐雷達殺蟲劑爆我蛋，」伏爾泰說。

「他們呢？」柳橙指向六個無頭工人。

「他們侮辱到一隻愛死了Coors啤酒的暴龍，」頭被斧頭砍中的北極熊說。

「哇，」布偶男孩說。「柳橙／外婆／和叮咚共譜一小段戀曲的男子／爛糊／無鳥男聯盟居然來到我眼前，我真不敢相信。」

「你聽過我們？」外婆說。

「什麼話？全世界都聽過你們，」頭被斧頭砍中的北極熊說。

「普天下的眾生無不受到你們的榜樣鼓舞，大家都在說，忍無可忍了，」伏爾泰說。

「就在上個禮拜，有個剛生小孩的媽媽太操勞了，心煩氣躁，家裡有個剛搬進來的奶媽，外表是一團豪乳，其實是一罐**紅牛**偽裝的，她氣不過，對**紅牛**發動革命，」布偶男孩說。

「一群美國獨立戰爭軍人最近被一管**白速得**牙膏率領，誤入約克鎮戰役（1781），正在表達不滿，」頭被斧頭砍中的北極熊說。

「哇，我們怎麼都沒聽過，」外婆說。

「你們跟我們進鎮上吧？」伏爾泰說。「教教我們如何動員，如何成功執行反抗運動？」

「樂意之至，」無鳥男吉姆說。「可是，我們可要事先聲明喔：場面可能會變得很難看。」

無頭工人團舉起啤酒瓶比手勢，意思是：別擔心，自從發生暴龍事件之後，我們已經不太擔心難看或怎樣了。

然後，在轟然巨響中，長三角形綠符號來了，如今它已膨脹到大如市區街廓，強行入鎮後靜止，飄浮在半空中。

從裡面傳出一股低沉而跋扈的嗓音。

「神賦予你們生命，你們憑什麼跟神爭論？」嗓音隆隆說著。「神造蒼穹，推送月球進軌道，控制著主宰你們的物理定律。神讓香蕉會唱歌，讓剛洗好的衣物能眨眼，叫星星從天而降，鑲嵌成女人手上的鑽戒，而藉由**光榮衛生棉條**，女人總算能重拾嬌柔本質。」

綠符號的下腹部伸出一道雄偉的走道。

蹣跚踏上這條走道的是叮咚/**多力多滋**/酷愛**多力多滋**的祖父母/凱文/**怪咖巧克力棒**聯盟，剛出土的他們仍灰頭土臉，連同出現的是恢復原狀的**雞船激錦大餐**。

「還活著？」外婆說。

「死而復生了，」綠符號說。

「你辦得到？」爛糊一說。

「對我而言易如反掌，」綠符號說。

「很神喔，」爛糊二說。

「讓我跟他理論一下，」無鳥男吉姆說。

「當心喔，當心，」外婆說。

無鳥男吉姆以乖順的表情向上望，看著龐大的長三角形綠符號。

「你希望我們怎麼稱呼你？」無鳥男吉姆畢恭畢敬說。

「大人，」龐大的長三角形綠符號說。

「大人，」無鳥男吉姆說。「我們難道不能齊心協力，構思出一個較爲人性化的行事準則嗎？不要再有人被羞辱、受傷、傷殘，別再讓人生中神聖不可侵犯之事物被挪用於販賣，畢竟僅僅是——」

「安靜！」綠符號說著，射出幾道綠光束，照耀柳橙／外婆／爛糊／無鳥男聯盟，剎那間把他們變得完好如初、積極進取、健忘。

一股無法解釋的衝動忽然降臨在外婆身上，令她想推著助行器，不先左右看就過一條車流繁忙的馬路。

柳橙身上的傷口和凹痕全不見了，忽然對好友**怪咖巧克力棒**的成份深感好奇，在心裡暗記，回到郊區那間美好的廚房後，一定要問**怪咖巧克力棒**的成份有哪些。柳橙多麼想重返他心愛的廚房流理台上，溫馨向下望著垃圾桶，裡面有一塊模樣變態的雞屍骨和兩個邪惡的空汽水罐，而他高高在上！

兩團爛糊復原成人頭的兩半，接著重組成一顆完整的人頭，滾向孫子的軀體，孫子正站在走道末端，召喚自己的頭顱。

無鳥男吉姆忽然有鳥了。

和叮咚共譜一小段戀曲的男子想起未婚妻，心頭油然一股暖意，篤定認爲，未婚妻正在一片草地上等候他到來。

北極熊、布偶男孩、無頭工人團、伏爾泰見狀打從心底害怕，狂奔回鎮裡。

十一

幾小時後，頭被斧頭砍中的北極熊仍躲在自己床下，怕得直發抖。他從沒看過這種情景。那個綠綠的東西居然能讓人復活。綠綠的東西能對全世界最強勢的聯盟洗腦。

他不想惹那個綠綠的東西，永遠不想。

他知道該怎麼辦。他該爬起來，進浴室去沖個澡。澡一洗，頭上的斧頭一定會奇蹟似消失。然後，他肚子會餓起來，非常餓，特別想吃**奇多**。他會走出市區，暗暗咒罵自己，既羞慚又亢奮。周遭的景物會忽然變得像北極。一棟冰屋會出現。裡面有人在家嗎？不會。他會開始猛流口水。

唉，他受不了啦。越想越緊張。一定是罹患一種焦慮症。他回想起出事當天，愛斯基摩爸爸滿臉怒意，舉起斧頭，雪橇犬幼犬嚇得汪汪叫，戴無指手套的愛斯基摩小孩震驚得伸手摀住張大成圓形的嘴巴。

北極熊的鬧鐘響了。

他想著，我眞的不想起而行。求求你，上帝啊，對我顯顯靈吧，對我說我不必做這件事，讓我知道你是個生性溫和、充滿愛心的上帝，只願好事降臨我身上。

忽然間，房子的屋頂飛走了，臥室裡綠光大亮，綠符號飄浮在上空，迅速伸出一隻像手的綠肢，噗噗脈動、肌肉發達的這隻手近似流體，一個動作就打翻北極熊的床，翹著屁股顫抖的北極熊暴露無遺。

北極熊站起來，對熊掌吐吐口水，用來抹平毛髮。

「我剛只是在，呃，在打掃床鋪底下……」北極熊說。

「我當然只願好事降臨你身上！」綠符號沉吟說。「例如，我願你從好好做事中獲得深切的快感。」

「你能解讀我的心思？」北極熊說。

「有時候，你會遐想有一隻被山獅欺負的弱小馴鹿來你家求救，你會不會動淫念？」綠符號說。

「哈，呃，哈，」北極熊說。

「去辦正事吧，」綠符號說。「別把事情想得太高深。別再往黑暗面去想。盡量看光明的一面。盡量在團隊裡發揮生產力。你有沒有其他問題？」

「我可以問你一個問題？」北極熊說。

「當然，儘管問，」綠符號說。「問什麼都行。」

「你是不是上帝？」北極熊說。

「我能解讀你的心思，」綠符號說。「我能讓死人復活。我能吹走你家屋頂。還有其他問題嗎？」

北極熊其實還有幾個問題。問題一，無鳥男提到發明一種方式，「別再讓人生中神聖不可侵犯之事物被挪用於販賣云云……」他的意思是什麼？北極熊明確記得他的用詞是「販賣」。被賣的是什麼？做出販賣行爲的人是誰？如果有「賣」，一定也有「買」才對吧？做出購買行爲的人是誰？個人的小片段，無形中的用意是不是在影響這種購買行爲？從他是小熊的年代起，就目擊過多次誇張的暴行，這些暴行是否眞的能影響小片段引發「購買行爲」的能力？如果能，怎麼去影響？

「竟敢問我這種問題！」綠符號怒吼。「竟敢管到我頭上？」

「是你自己說，問什麼都行的，」北極熊說。

屋子裡的花瓶全被爆破，所有的鮮花全部凋零，廚房餐桌倒塌，然後冒出火苗。

北極熊臉紅耳赤，拿起毛巾，趕緊進淋浴間。

洗完澡，頭上的斧頭不見了，也沒有疤痕。綠符號走了，屋頂恢復原狀。花瓶完好無損，鮮花朵朵健在，廚房餐桌無恙，而且還多了一面高級新桌布。

沒問題了，北極熊心裡想著，因爲他怕萬一綠符號正在解讀自己的心思。沒問題了，一點問題也沒有，我只是忙著去辦正事。

北極熊在沙漠裡走了幾英里，喃喃爲自己打氣。沒錯，被斧頭劈到頭的那一刻很慘。緊接而來的那一刻也沒好到哪裡去：愛斯基摩人講了一句愛斯基摩語，愛斯基摩小孩見他痛得眼花，踉蹌逃出冰屋，這時候字幕打出來了（「喂，熊掌休想碰我的**奇多**」）。回家的路上，鮮血滴在剛下雪的雪地上，那一刻也不見得最棒。

但現在，他能怎麼辦呢？對抗上帝嗎？

一陣寒意襲上心頭。又下雪了。萬物變得像北極。他左邊有一座熟悉的冰河峭壁。他常路過的一群企鵝點著頭，臉色凝重。

冰屋映入眼簾。

有人在家嗎？沒人在家。他開始猛流口水。

抱著滿腔的恐懼，他進入冰屋，照常抓起一把**奇多**，靜候著。

幾個愛斯基摩小孩剛玩完雪橇，從屋外衝進來，父親尾隨而至，手持斧頭，火冒三丈。然而，北極熊也首度注意到，愛斯基摩父親的眼神有一抹深邃的悲哀。當然，當然，這樣推理說得通！在自己兒女面前，拿著斧頭，日復一日，對準一隻善良北極熊的頭劈下去，有什麼趣味可言？北極熊聽過謠言，愛斯基摩父親喝酒喝得兇，最近常做一些血腥惡夢，夢見自己拿斧頭對付自己的妻小。

事實是，舉目所及，這一套無聊的體系在所有地方製造苦難。他見過布偶男孩下班回家，腿部燒傷疼痛難忍，痛得掉眼淚。他觀察過伏爾泰，見伏爾泰睜大到極限的眼睛被烈日照得眩目，費了好大力氣，想找到他買法國麵包的那間店。他也聽過，無頭工人團堅持自己開車送小孩上學不成問題，妻子聽了默然無言。

怪的是，吃苦的不只是受害人。他見過暴龍在採石場走來走去，神情落寞，見路人就問，工人團是否至今仍在生他的氣。他也見過，雷達殺蟲劑心不在焉，到處亂噴殺蟲劑，即使沒蚊蟲也照噴不誤，因爲它其實很欣賞伏爾泰的作品，對他很過意不去。

北極熊直直看著愛斯基摩父親的臉。

我知道你不想動手，北極熊試圖以眼神溝通。我原諒你。也請你原諒我對你做的事。再怎麼說，我犯了擅闖民宅罪。

愛斯基摩父親以眼神傳達：我也是，完全同意。以我個人而言，這整件事簡直是亂搞一通。

北極熊傳達：朋友，時刻不早了，最好還是動斧頭吧。

愛斯基摩人傳達：我知道，我知道。

語畢，斧頭劈下去。

北極熊踉蹌離開冰屋，痛得眼花，這時他想起母親在他童年，一次又一次外出採花，差點撞上一個穿馬褲的男人。馬褲男開槍射死她，剝皮製成地毯，然後畫面重疊剪接，母熊皮被轉賣好幾次，最後，事隔數十年，在一場盛大的嬉皮聚會後，我們見到同一張熊皮被嬉皮用**地毯潔**清理乾淨。北極熊回憶起父親，想到父親上班每一天，都被耶誕老公公檢查直腸，由於耶誕老公公有過敏症，檢查到一半會打噴嚏，而笑點就在這裡：耶誕老公公一打噴嚏，爸的五官就縮成一團。

吃這麼多苦，爲的全是販賣嗎？販賣？販賣**地毯潔**，販賣**鼻敏舒**？

唉，他心想，我不過是一隻北極熊罷了，哪懂個頭呢？更何況，半數時候，他頭上插著一把斧頭，不盡然有助於頭腦盡情發揮解析力。平日，他常躺在家裡冰敷，基本上不會想其他事，腦子裡只有好痛好痛好痛。

北極熊挨著一株耶誕樹站著，想喘幾口氣。

這不可能是眞的。萬萬不可能是眞的。

但這件事卻眞實無誤。他內心感覺得到。

北極熊拖著蹣跚步履，走過這群企鵝。企鵝們留意到他情緒激動，也發現這次他來到一大叢凍草原時往右走，而不是往左走，企鵝們興奮得趴趴走來走去，對著朋友們講閒話。

來到巨大的冰河峭壁邊，北極熊站上去，七嘴八舌講閒話的企鵝們全住口了。

北極熊縱身跳下去。

墜落中，北極熊唯一的恐懼是，綠符號會展現神蹟解救他。但綠符號沒出現。看樣子，綠符號不是眞正無所不知。

此時北極熊赫然領悟，這表示，綠符號可能根本不是上帝。換句話說，綠符號可能不是正宗的上帝，可能只是一個神力無窮的僞神。綠符號可能有些許上帝特質，被扭曲的一些特質。換言之，綠符號可能是一種次級上帝，由於北極熊的威力差他一大截，所以他才顯得像上帝！正宗上帝可能甚至不知道世上有個黑心上帝，不知道祂開創的宇宙被這個假神仙胡搞瞎搞！北極熊在生命最後一秒悟出，他至今完全不認識正宗上帝！然而，正宗上帝必定存在這世上，一定能讓世人認識，完美而慈悲的上帝的這個想法渾然成形，正由北極熊內心散發而出！事實上，藉由摒棄冒牌上帝，北極熊已經朝著朝認識眞上帝踏出第一步！

可惡，慘了，但願自己能活下去！

北極熊觸地了。由於在這個次宇宙裡，除非某些要角明確許可，否則沒人能死，因此北極熊觸地反彈。

企鵝站在峭壁上，小心翼翼向下望，只見北極熊扶搖直上，衝到上空。

「上帝是眞的！」他大叫。「我們有可能認識祂！」

企鵝看著他反彈到最高點，開始往下墜。

「綠符號是冒牌上帝！」他大叫。「滿腦子暴力和宰制的冒牌貨！摒棄他！讓我們重新開始！解放你的思想！解放思想，好好過日子！我們世人之中，另外有個更溫柔更寬容的上帝，只要你我用心找就有！」

企鵝平常就很容易害臊，聽了更是異常害臊，東看西看，以確定在荒涼的大凍原上無人目睹這群企鵝聽到這句顛覆意味濃厚的異端邪說。企鵝趕緊趴趴走開，回去孵醜陋的大企鵝蛋，八卦著北極熊終於瘋過頭了。他們一向對這隻北極熊抱持著懷疑的態度。

「一提到『瘋』字，」一隻企鵝最後說，「我自己倒是想吃**彩虹糖**想瘋啦。」眾企鵝一聽，瞬間明瞭，珍貴的全新小片段出爐了，他講的是第一句神聖的台詞。

隨後，眾企鵝起立。宛如置身華麗的夢境裡，腳下的企鵝蛋全部奇蹟似地變成一顆顆巨大的**彩虹糖**。企鵝們仰首望蒼天，深深感恩，然後躁症發作似地跳起了腦殘企鵝歡樂舞。

IV.

當他們前來摧毀我們時，他們將不使用武力，而是以我們的言語反制我們，因此，吾人不可受制於我們說過的言語，不可受制於我們聲稱為真或自知為真的事物，吾人應字斟句酌，慎選真相，以便營造最有效與最理想之結果。因為，到最後，世上豈有比捍衛個人偏好的生活型態更真誠的行為？真相難道不是個人對誠心認可的事物——再虛無縹緲也亦然——持續抱持信心嗎？

——伯納．艾爾敦，別名艾德《新國家任務集》

第九章：誠實範例之差額

波希米亞人

在都市居住環境裡，無巧不成書的是，我們這條街最後兩棟房子的屋主都是寡婦，先夫都在東歐大屠殺中喪命。我爸說她們是波希米亞人。不管是從哪一國來的，只要是白種人，而且講英文有外國腔，我爸都說他們是波希米亞人。每次他見到寡婦，都會用捷克語向她們打招呼，可惜他發音太菜，把問候語講成「門」。這兩位寡婦鄰居都不是捷克人，但兩人都很和善，因此每當父親對她們喊「門」，她們還是禮貌回應，不把他當成從年頭笨到年尾的呆瓜。

寡婦之一姓波妥伊，體型較壯，曾在地板和土地之間的空隙躲避戰火過日子，每天和六名親戚分食一顆馬鈴薯，因此現在的她心懷怨恨、恐懼密室、熱愛飲食。如果你站在她附近吃東西，她的雙眼會一直盯著食物進嘴巴。她除了黑色一概不穿戴。她把天主教會比喻成一個珠光寶氣、專吸窮人血的娼妓。她把美國比喻成被寵壞的小孩，不懂哀慟是什麼東西。每次我們玩球，球掉進她家土地，她會去撿球，然後搖搖擺擺走進後院，把球扔進採石場。

另一位寡婦姓霍潘里茨基，簡稱H夫人，身材苗條，經常歡歡喜喜地拿五顏六色的菸斗通條，打結做成小動物的形狀。有一次，她粗略做了幾個頭戴大禮帽的狗，我帶一個回家，我媽看了說，「捧你的**英雄模型自己做**去她家玩。對她來說，那玩具簡直像國王才玩得起的東西。」對我媽而言，二十年前的戰俘營、大屠殺、鐵軌側線，和封閉式的馬車一樣虛幻。H夫人自稱她家以前擁有一批農奴，我媽聽了心早就飄到別處去了。她小小的心願是擁有一棟量製住宅，我看她這輩子是甭想了。我們租的房子是裝潢過的車庫，位於姜卡洛斯家後面。我爸開一家運動用品店，基本上是酗酒代替經商。貨架上的全國美式足球聯盟頭盔幾年前就過時了。有幾次，我放學回家路過，發現店打烊了，我爸溜去**義肢天地**找班尼．迪摩尼克，在一堆假腿的陪伴下喝得爛醉。

我用**英雄模型自己做**，幫H夫人做一個可塑性的拉法葉將軍[11]，她說她會永遠擺在窗台上珍惜。不到一個星期，她就把它送給浣熊伊莉莎白。我不在乎。浣熊和我一樣是獨生子女，她一個玩具也沒有。浣熊是科雷茲兄弟幫她取的綽號，因爲她永遠睡不好，

11 譯註：Lafayette（1757-1834），美國獨立戰爭名將。

眼袋黑沉沉。她爸媽老是吵個不停，早餐吵架，進院子在內衣褲下面也吵架，黃昏站在門廊上也吵，還各拿一條防風雨襯條，對著對方猛抽。浣熊日子苦，習慣性彎腰駝背，導致脊椎簡直彎成弧形。科雷茲兄弟糗她是浣熊時，她還學野生動物搓搓雙手，逗他們笑。被取綽號是她這輩子最受青睞的一刻。有時候，她但願自己被車撞死，能投胎變成眞正的浣熊，然後回來找科雷茲兄弟，傳染狂犬病給他們。

「千萬別對自己或他人下毒咒，」H夫人說。「妳是一個可愛的孩子。」她的美語腔平順，咬字清晰，幾乎和我們差不多。

「妳想說的是『浣熊』吧，」浣熊說。「一個可愛的浣熊。」

「可愛的上帝之子，」H夫人說。

「才怪，」浣熊說。「再講一遍王子的故事嘛。」

於是，H夫人再度說，她曾站在院子裡，樂陶陶看著一位如假包換的王子對著臉撲粉，想遮掩胎記。她回憶田野燒農餘的煙味，回憶一群穿彩色緊身褲的男人拖著一隻開腸破肚的野豬過木橋。後來，在喀爾巴阡山脈，她被迫淪爲馱獸，拖運著殘暴軍官的家當。夜裡，她被軍官用鏈條綁在樹幹上。有時候，想找樂子的軍官拿機關槍的槍管燙她小腿。所以她才天天穿及膝長襪。過了三年，她終於回到家鄉，發現幾個小寶寶成了小墳墓。她常說，孩子們雖然命短，卻是美好的厚禮。現在的她不埋怨上帝帶走他們。流星雖然短暫，但人看見流星，不是照樣高興嗎？H夫人寬大爲懷，令我們更恨波妥伊夫人。人家被綁在樹幹上，妳一天吃六分之一的馬鈴薯算什麼苦？人家的小孩都沒命了，妳跟親戚擠成一團算什麼苦？

浣熊和我的家境同樣告急，在同學間，已經逼近沒人要的地步。在我十歲那年暑假，亞特．希米涅克加入我和浣熊的行列。因爲不久前，他邀請科雷茲兄弟來家裡喝檸檬水，結果，家裡不但沒有檸檬水可以喝，還在日光室見到一個大湖區來的水兵，和亞特的母親雙雙一絲不掛，躺在響應回收運動的紙堆上，醉得不省人事。

這群新成立的三人組，培養友誼的方式是閒坐大門口殺時間、不戴手套接投威浮球、當其他小孩的跟屁蟲。有些小孩家比較不會出事，三人組希望能跟著進他們家玩。

莫札特街上住著空房艾迪。十七歲的艾迪體形高大，頭腦簡單，能空手捏碎胡桃，但先要有人把胡桃放進他掌心叫他捏，才有胡桃被捏碎。有一次，他把「空房」招牌固定在上衣，在住家附近走動，從此人稱空房艾迪。他常自稱看見鳥。每個星期的不同天，他會看見不同種類的鳥。另外，他還看得見萬聖節鳥和耶誕節鳥。

有一天，艾迪跛腳路過，我們問他看見什麼鳥。

「舞會鳥，」他說。「他們的屁股長著好大的流蘇。」

「你想辦舞會？」亞特說。「你想辦同志舞會嗎？」

「我要辦慶生會，」艾迪說，羞怯地眨眨眼。

「你爸知道嗎？」浣熊說。

「他還不知道，」艾迪說。

他的舞會計畫不對外公開，說法也缺乏邏輯。我們找問題考他，希望害他越掰越丟臉。他說，他想在他家車庫辦舞會。車庫裡有一輛破車怎麼辦？他說他能徒手把車子推出去。地板上有油漬怎麼辦？他說他會拿Handi Wipes濕紙巾吸乾淨。音樂呢？他可以表演小喇叭。

「你想用什麼吹小喇叭？」亞特說。「用屁眼嗎？」

「錯，我才不用那裡吹咧，」艾迪說。「我用嘴唇吹，行嗎？」

有女生嗎？他說會有女生，他說他認識好多女生，因爲他是德雷克大飯店的經理。餐飲怎麼辦？餐飲沒問題，菜色包括甜點餃。

「你是德雷克大飯店的經理，」浣熊說。

「嘿，我知道怎麼弄到錢買甜點餃！」艾迪說。

然後，他去按波妥伊夫人家的門鈴募捐。她問，募什麼捐？艾迪說對象是他自己。她問，做什麼用？艾迪一臉茫然看著她，再向她募捐。她叫他離開門廊。他再募捐。不知爲何，他有個觀念，以爲募捐者都能進門坐沙發。他抬腿想進門，波妥伊夫人以粗壯的前臂推走他，他沒站穩，滾落門階，大頭敲得鐵欄杆噹噹噹響。

他爬起來，踉踉蹌蹌走開，頭皮上微微滲血。

「該懂得別打擾人家吧！」波妥伊夫人對著他的背影大罵。

十分鐘後，同樣名叫艾迪的爸爸來到波妥伊家的門廊。艾迪的爸爸以裁縫爲業，長得虎背熊腰卻女性化，擺著壯碩的身材卻沒什麼用，只在開店門的時候用屁股頂門。

「現在流行把歹命小孩推下樓梯當運動嗎？」艾迪的爸爸問。

「他聽不進去，」她說。「我跟他說不要。他一直想進來。」

「恕我直言，」他說，「以我兒子的本性，他聽了可能沒反應。」

「像他那麼沒反應的人，是應該關在家裡的，」英文不標準的波妥伊夫人說。「他的身材跟大人差不多。而我是老太太。」

「艾迪從來不對任何人構成威脅，」艾迪的爸爸說。

「我有我的權利，」她說。「下一次再來，我會打電話報警。」

儘管被推得滾下門階，空房艾迪似乎沒學乖，照樣上門來。

隔天，他又出現，拿著冰淇淋空罐討三元。波妥伊夫人隔著紗門說，「從這門廊離開。」

「我們想買好多好多零食，」他說。「如果我喝含酒精飲料，那麼，大家可要當心囉。因爲爸媽不准我喝。我跳舞跳太快了。」

說完，他又伸手轉門把，表演著酒後舞跳得多快。

「拜託，離開這個門廊！」她大叫。

「拜託，離開這個門廊！」艾迪也大叫回應，傻笑得直不起腰。

夫人報警了。平日，布魯奇副中隊長常問艾迪，今天是什麼鳥在發威，然後用警車送他回家。但這一次不同。警界剛爆發「一城事件」，爲減少瀆職的案件，很多警察的巡邏勤務被撤銷，由其他城鎮的警力代班。今天前來的兩位警察是亞美尼亞裔，來自大湖區南岸，對著艾迪以警棍封喉，拖他下門廊，勒得他自稱見到的小鳥全部沒鳥嘴。

「我可以勒到你長出鳥嘴，科學怪人，」警察說著多加一把勁。

艾迪坐進警車裡，狼狽狀可比衣帽架要上車。亞特、浣熊和我跑去艾迪爸爸開的裁縫店。他的店在戲院樓上。這間戲院已經沉淪到播放A片了。正在用勝家縫紉機的艾迪爸爸看見我們，一腳踹掉插頭，停下縫紉機。樓下傳來一連串的嬌喘聲。

艾迪的爸爸衝進醫院，身上帶著他的紫心勳章和小艾迪的幾張相片——口水流到下巴、騎著矮腳馬的小艾迪。爸爸發現艾迪被銬在病床上，打著點滴，被打得鼻青臉腫。據說他咬警察。保釋金三百元。他開的裁縫店營收經常掛零，店裡賣的布料跟不上時代潮流，塵封的鮮黃色招牌寫著：「修拉鍊快無比。」

「我承認，關這孩子沒道理，」法官說。「就判感化院三個月吧。最低限度了。」

安斯頓少年感化院是紅磚建築，以前是鐵工廠，如今以帶刺鐵絲網爲圍牆。警衛值完班，常去斜對面的傑姆點燈者酒吧光顧，場面喧鬧淫亂。旅行車接二連三載著皮包骨的女移民進來，幾小時後她們一邊離開，一邊調整絲襪。安斯頓感化院的少年來自芝加哥各地，這些小孩只在揍人多狠、被揍得多慘、自殘的意願有多高時，才有人稱讚。有個感化院的少年花錢請另一個少年開車碾自己的腳，因此紅極一時。還有一個院童用開罐器捅死母親的情人。也有一院童和別人打賭，用拉環劃破自己的眼皮。

一月，空房艾迪住進感化院，三月才出來。

艾迪的爸爸爲慶祝他回家，邀請鄰居的小孩過來同歡。空房艾迪的外表淒慘無比，連科雷茲兄弟都不忍心糗他的現狀。他的鼻樑歪一邊，從耳朵到下巴多了一道燙傷疤。

別人太靠近他時，他會突然舉起雙手。蛋糕切好，分給大家，艾迪的盤子掉了，他大喊著，「別煩人家啦！」

天生調皮的我們，這下子找到發洩的管道了。在科雷茲兄弟領軍下，我們切斷波妥伊夫人的水管，用圓頭錘砸破她家地下室窗戶，把她的小購物車推去菜市場墜崖，看著購物車連番翻滾，掉進原本是史拉格溪谷的深坑。

後來，春天來了，採石場忙碌起來。正午，引爆岩層的爆炸聲傳來，威震大家的窗戶。下午三點的爆炸聲更猛。採石場框架運來了，浣熊、亞特和我拿著送貨用的厚紙箱，搭建一座堡壘。有一天，我們把三點鐘的爆炸聲假想成原子彈爆發，看見空房艾迪穿越草叢，蹦蹦跳跳衝來我們的堡壘，活像廣告裡的戀人，不同的是他比較胖，而且摔跤好幾次。

艾迪受過身心創傷，因此我們對他多一份仁慈。

「艾迪，」亞特說，「你來這裡，有沒有告訴你爸？」

「不成問題，」艾迪說。「我本來想留字條給爸。」

「有嗎？」亞特說。

「我回家再給他留字條就好，」艾迪說。「我現在想進去跟你們一起。」

「擠不下，」浣熊說。「你塊頭太大了。」

「好好笑喔！」艾迪說著硬擠進來。

採石場下面有幾隻悲哀的野貓，有一間看守員的小屋，有幾堆紅紅的炸藥包裝紙，不定期在山腰露臉，像受驚嚇的野鳥。

波妥伊夫人推著一台新購物車，從採石場邊的步道走過來。

「看，那隻母豬，」浣熊說。「艾迪，害你被關的就是那隻母豬。」

「艾迪，他們在裡面怎麼對待你？」亞特說。「是不是整得你七葷八素？」

「沒有啦，」艾迪說。「我只對他們說，『別煩人家啦！』有時候嘛，他們會來煩我，沒錯啦。有時候有人說，『喂，艾迪，露一露你的小弟弟！我們想看一看。』」

「好了好了，」亞特說。

太陽下山以後，我們三人常去H夫人家的門廊。她會端餅乾請我們吃，鼓勵我們寬恕。她告訴我們，波妥伊心眼小，錯並不在她。H夫人說她自己見過世面，寬廣的見聞擴展了她的心胸。有一次，她見到納粹頭目戈林。有一次，她見到愛因斯坦。戰時有一次，她見到皮草店林立的整個地段深夜被炸黑，隔天早上，焦黑的受害者滿街爬，求人施恩，其中一人抓住她腳踝，她認出這個人是父親的朋友博根。

「妳怎麼救他？」浣熊說。

「現在不重要了，」H夫人說，強嚥下淚水，放眼採石場。

接著，災難降臨了。六區的美式足球隊全向我爸下墊肩訂單，我爸領到支票，想和我媽和好，所以決定帶她搭郵輪去牙買加渡假。在我們這一帶，別說郵輪了，去過威斯康辛州的人一個都沒有。災難是什麼呢？他叫我去波妥伊家住幾天。我們家是酒鬼之家，正正經經問個問題，連續問幾次都問不出直截了當的答案。我一問再問，「爲什麼去她家住？」一次又一次，我聽到的回答是，「會很好玩的。」

我問，「爲什麼不送我去外婆家住？」

我得到的回答是，「外婆身體不舒服。」

我問，「爲什麼不送我去霍潘里茨基家住？」

爸發出一種像「哼」的聲音。

「送你去她家才怪，」媽說。

「爲什麼不行，爲什麼不行？」我追問。

「因爲閉嘴啦，」他們回答。

復活節一過，我就提著綠色小行李箱，去波妥伊家報到。

我半夜習慣做惡夢，偶爾會尿床。夜裡，我濕答答醒來，大口喘著氣。爸媽有沒有告訴過她？八成沒有。第一夜尿床驚醒，我從她的表情看得出，爸媽沒告訴她。

「這是什麼？」她說。

「小便，」我說，因爲我羞慚到無法撒謊。

「啊，算了，」她說。「誰不尿床呢？這情形，我也有過。小便小便小便。我以前常夢到有條魚罵我髒話。」

她幫我換床單，動作輕柔，不發脾氣——這是我從沒見過的反應。在我們家，如果我尿床，媽通常是半睡半醒之間，拿尿濕的床單抽打我，還說，等我娶老婆以後，老娘終於可以好好睡個飽。

床鋪好以後，波妥伊夫人大手一揮，好像在說，請上床。

我爬上床。

她站在原地不走。

「你知道嗎，」她講著很菜的美語，「他們講我壞話，我是曉得的。他們罵我對那男孩子出手太重。不過，我以前遇過一個傻大男孩，發生過壞事。你不知道也罷。不過，那一天做那種事的我，不是沒有理由的。因爲我以前遇過壞人，所以才怕他。」

她站在半明半暗的地方，低頭看自己的腳。

「你懂嗎？」她說。「懂嗎？你能弄懂我說的話嗎？」

「好像懂，」我說。

「去告訴他，」波妥伊夫人說，「跟他說聲對不起，解釋給他聽，也去告訴你的朋友。麻煩你。你有個好頭腦。所以我才對你講這些話。」

我一聽，內心振奮起來。我有個好頭腦，這句話我從沒聽過，但我相信。有人信得過我，認定我能發揮影響力。

隔天是禮拜六。她煮濃湯。我們用三塊薄香皂玩遊戲。我們用色紙條製作餐具墊。她讓我教她拼字。

正午前後，門鈴響了，來人是H夫人。

「一切都好吧？」她探頭進門說。

「對，還好，」波妥伊夫人說。「他還沒被我吃掉。」

「一切眞的都好嗎？」H夫人對我說。「講出來，沒關係。」

「還好，」我說。

「講出來，沒關係，」她嚴詞說。

然後，她對波妥伊看一眼，含意似乎是，敢動他一根汗毛，等我找妳算帳。

「妳這個傻女人，」波妥伊說。「可以走了。」

H夫人離開。

我們繼續拼字。房子裡靜悄悄，氣氛緊繃。不時有東西發出滴答聲。每次拼錯一個字，她會捏自己的手，不是很用力，只是意思意思而已。有一次，她捏自己一下，發現我在看她，兩人相視一笑。

然後，我們又靜靜不講話。

「剛才那個女人……」她終於說，「她喜歡騙人。也許你不曉得。她說她是來自我來自的地方……」

「對，」我說。

「她騙人，」她說。「她假裝溫柔，其實她騙人。她出生在芝加哥郊區斯哥齊。從小生長在美國。不然，她美語怎麼這麼標準？」

一整個星期，波妥伊夫人煮香腸、麵條、馬鈴薯薄煎餅，我們倆一直猛吃。我放學回家，她爲我把茶和蛋糕準備好。夜裡，有必要時，她會幫我擦乾身體，把我移到她床上，幫我換床單，抱我回床睡，從來沒罵我一句。

「遲早會過去的，遲早會過去的，」她哄著我。

爸媽回家了，皮膚曬成古銅色，買了一頂水手帽送我。剛渡完假，兩人誠實心暴增，向我證實：H夫人的確是騙子。是騙子，也是瘋婆子。她嘴裡吐出的沒有一個字是眞話。她曾經在戈德布拉特百貨當過結帳小姐，偷錢被逮到，自稱是總公司的人，結果總公司的人過來對質時，她又自稱是FBI。後來還出示一封第一夫人詹森（Bird Johnson）的求情信，其實筆跡是她自己的，連「詹森」都拼錯成「Jonsen」。

我把這件事轉告給其他小朋友，大家漸漸相信我，連科雷茲兄弟也是。我們全相信了，而我們無法想像當初爲何無法看穿她的謊言。

新的一年春天來了，採石場周圍的樹叢裡又有野鳥築巢。扔一塊石頭過去，總會轟然激起一陣暴動。細小的河從我們沼澤似的後院匯流成形，我們壓扁鞋盒，拿奶油夾心捲的包裝紙，加上揉成團的錫箔紙，做成小船放水流。浣熊用輕木黏好三架飛機，在船上放一坨她家的狗——名叫鬼魔術師——拉的屎。我們看著小船載著狗屎，從一座小瀑布掉進採石場，消失了，大家樂得放聲叫好。

敦睦科

星期二上午，救災科的吉莉安來電說，空軍有個姓魯勒敦的軍人毒殺了一籮筐的河狸。我說，我們空軍不殺河狸，我們「收成」河狸，因爲不好好控制牠們的話，牠們會咬破我們的**污染控制器**，髒水會從我們的集污區外洩，流進艾森豪紀念濕地，毒死河狸。

「有道理，」吉莉安說，然後掛電話。

媒體樂透了。一則新聞標題是：空軍為救河狸而殺河狸，另一則：遇害河狸驚爆空軍暴行。

「這件事，我們可能要皮滋（PIDS）一下，」科長林姆尼說。

我調出檔案來參考：一九八四年前後，奧克拉荷馬州有一基地發生毒殺陸龜的皮滋事件。北達科他州發生過毒殺野馬的皮滋事件。柯林頓在位期間，軍方不慎破壞野鴿繁殖區，也值得參考。

綜合這些資料，我萃取出一條辦法：我坦承空軍「收成」河狸。我認可河狸的無辜，容許河狸以口腔發揮創意。我解說，爲防止污染外洩而重創歐土瓦塔米河，「收成」是空軍既定政策中令人遺憾的一部分。最後，我誓言，空軍將另覓維護污控器之良方，以期未來不再危害河狸。我說，空軍正研擬方案，將河狸遷移至一處新型河狸棲息地，預定地位於集污區的上游。

我把這幾點製作成PowerPoint簡報。林姆尼休息完回來了，讀我寫的稿子。

「皮滋王萬萬歲，」他說。

我打給報社的艾德，再分別打給第十台新聞、第七台行動新聞和二號新聞團隊的傑森、海瑟和藍道爾。然後，我打電話找設施科的賴瑞，請他預約週三晚上的法拉古特禮堂。就這樣，我準備好全套可行的皮滋，能高高興興回家陪老婆和活蹦亂跳又乖巧的子女。

開玩笑的啦。

但願我有妻小就好了。

我穿越爸媽中間，走進廚房，想煮幾個冷凍迷你牛排**小乳牛**來吃，煮法有微波爐法和拉環法兩種。包裝上有個**自煮拉環**，使用者拉一下，裡面會自行產生化學變化，**小乳**

牛會自動加熱。我走微波爐路線。不料，**自煮拉環**爆開了，出爐的**小乳牛**表面覆蓋著一層有鬚鬚的綠色液體。算了，吃泡麵吧。

「你該不會恨那兩個拉脫維亞人吧？」爸對我說。

「動手的不全部是拉脫維亞人，」媽說。

我播放九號錄音帶：《遺漏／部分遺漏》。聲優說著：觸景傷情時，趕快默想你的**指定替代思流**（DST）。個人的DST可以是有人掉進懸崖，幸好被底下一群好友接住；如果你喜歡濃湯，也可以是一碗熱騰騰的濃湯；也可以選個能分心的機械化動作，例如沿著一排罐頭走路，邊走邊踹罐頭。

「也用不著恨他們兩個，」媽以不太合文法的美語說。「他們不過是小娃兒。」

「不是因爲身爲拉脫維亞人才做那種事，」爸說。「他們做那種事，是因爲貧窮和偏激。」

「沒啥大不了的，」媽說。「後來一切都沒事嘛。」

我默想的思流是拿鐵鎚敲薄薄的岩壁。岩壁裂開後，裡面還有另一層岩壁。裡面這層岩壁裂開之後，下面還有另一層。

「你餓嗎？」媽對爸說。

「現在不餓了，」爸說。

「我也是，」她說。「而且，我現在也不尿尿。」

「事情不太對勁。但哪裡不對勁，我也搞不清楚，」爸說。

岩壁裂開後，底下又有一層岩壁。

「時間快到了，」媽對我說，語氣忽然緊張。「上樓吧。」

我上樓進自己房間，看職棒世界大賽，對著鏡子演練皮滋。

樓下的事，我再也不看了：媽穿著睡衣褲，站在樓梯歇腳處，喊爸的名字，有點激動。接著，她頭部中一槍，雙手往上揮舞，我可憐的胖媽媽就這樣滾下樓梯。爸從地下室跛腳小跑上來，步伐滑稽，面露憂慮，胸部中一槍，他腿軟跪了下去，頭再中一槍，結束了。

然後，爸媽整晚重複同樣的場景，一次又一次。

終於天亮了，我下樓，吃一個貝果。

我們家有一座角樓，從室內上不去，想上去要先出門爬梯子。角樓裡面只有鳥糞和一個尼克森年代的塑膠聖誕老公公，玩具袋上刻著一個和平符號。爸媽白天都待在角樓裡。我有一次爬上去，看一次就不想再上去了。角樓裡，爸媽嘴巴張著，目光茫然，靠牆坐著，手握手，頭髮沾著牆壁炸開時飛出來的隔熱填料。

上班前，我對著角樓高喊，「萬事順利。」

這樣喊很傻，我知道，但我照喊不誤。

我進辦公室後，看見安全科的艾略特・吉甫站在外廳。吉甫的薪階是GS-9，戴著粉紅色眼鏡，雙下巴大無比，足足佔了整張臉長度三分之一。

「我剛接到有人來電報告有異味……」他說。

我和他進辦公室。絕對是有一股異味。像霉/土/腐臭味。

「我們的辦公室通風有問題，」林姆尼說，語調硬梆梆。

「不是蓋的，」吉甫說，「臭得像什麼小動物鑽進牆壁，死在裡面。我阿姨也有同樣的情況。」

「你阿姨鑽進牆壁，死在裡面，」林姆尼說。

「不對，是老鼠啦，」吉甫說。「最後逼不得已，她請一個波多黎各人過來，在牆壁鑿洞。建議你們也試試看。」

「請個波多黎各人過來，去你阿姨家牆壁鑿洞，」林姆尼說。

「你很風趣嘛，我喜歡，」吉甫說。「聽得出你樂得很。」

吉甫是**基督一生重建團**的一員。在重建期間，團員只吃棗乾，只用古意盎然的容器喝葡萄汁。他說，這個週末的重建地點在一座小山上，據信全美東北找不到更像《聖經》裡加略山的地形。我問他扮演誰。他說他扮演棕櫚主日那天借騾子給基督騎的人。林姆尼說，讓一個失業猶太男借走驢蛋，正是吉甫才做得出的舉動。

「像你這樣冷嘲熱諷，絕對傷不到我，」吉甫說。

「我猜我想傷害的是基督吧，」林姆尼說。

「傷得到才怪，」吉甫說。

林姆尼辦公桌上，有一張妻子中風之前的相片：身穿背心，無胸罩，頭髮長及腰，拿著一根手杖。在相片中，綁著頭巾的林姆尼假裝在吸食什麼違禁品。妻子凡兒中風後，他每天上班九到十個小時，下班去買菜，回家煮飯，幫妻子洗澡，洗餐具，然後上床睡覺。

我的想法是，難怪林姆尼言行這麼卑鄙。

吉甫走了幾步，折返回來。

「我和我們教會常常爲你們夫妻禱告，」他對林姆尼說。「你對我的見解，我不會放在心上。」

「我也常爲你禱告，」林姆尼說。「希望你不要再假聖潔，也希望奇蹟出現，你講話不會再鬼扯蛋。」

吉甫走了，這次不再折返。

林姆尼對吉甫生厭的癥結在於，吉甫向他暗示，假如他能多一點虔誠心，說不定妻子能不藥而癒。

「是誰打電話叫他來的，」林姆尼說。「快講。」

葛瑞格夫人噴淚，衝進女廁。

「幹嘛把事情鬧這麼大，我不懂，」林姆尼說。

「你不懂狀況嗎？再過六個月，我們的基地要被裁撤了，」強肯斯說。

「像葛瑞格夫人那樣的職員，年紀比較大，變局來得太突然，他們比較無法適應，」瓦博林說。

裁撤基地的消息剛公布時，我在外廳發現葛瑞格夫人在哭。她說，小比爾怎麼辦？小比爾剛買房子。安珀怎麼辦？她懷了雙胞胎，而且丈夫大鵝每晚去顇頭酒吧喝得爛醉。南希和凡卓怎麼辦？強肯斯和艾爾怎麼辦？這鎮上找不到工作，她說，這些好人該何去何從？

我寄了三十多份履歷，走訪每間商店，找爸的老朋友聊天。連我們的雜貨店都處於半休業狀態。蔬果區已經被三合板牆壁封起來，牆上寫著：「如果貨架上找不到，抱歉。」

我們敦睦科的正名是「社區敦睦溝通科」，縮寫成CommComm。上級有意願把全科遠遠調到位於歐瑪哈的北美空軍情蒐團。然而，連此處的院子都不准我爸媽進去，遑論歐瑪哈。而且，我不在家的時候，他們會情緒焦躁。今年三月，我去紐約州府參加研討會，家裡被他們搞得亂七八糟。他們一定很難受。對他們來說，即使是動一下窗簾，也要費很大的勁。我回家一看，見到媽以跪姿飛撲咖啡桌想掀桌。爸鑽進沙發裡，以定點反覆快轉的方式，想把彈簧弄鬆。他們不是故意的，而是身不由己。即使在飛撲/快轉的時候，他們還連連道歉。

「更何況，這裡眞的好臭啊，」小比爾說。

「被薰得頭痛的人有誰？舉手，」強肯斯說。

「好吧，」林姆尼說，然後走進我的半隔間，打電話給異味科。他問，爲什麼不能馬上趕過來？到底接到幾通異味報告？全基地突然都臭味薰天了嗎？

我走進我的隔間，發現他並沒有對著話筒講話，而是拿著話筒敲自己的腿。他對我眨眼示意，提高音量問，辦公室臭得像屁股，臭到頭痛到快爆炸了，異味科怎麼和敦睦科協調？

整個下午，辦公室臭死人。下午五點，林姆尼說，希望一夜之間能好轉，不然明天戴潛水用具上班。強肯斯除外。潛水用具尺寸再大，他八成也戴不下。

「不敢相信你會講這種話，」強肯斯說。

「開個小玩笑而已，多一點雅量不行嗎？」林姆尼說，摔門進科長辦公室。

我和強肯斯和葛瑞格夫人走出辦公區。德克森基坑上方的大旗子隨風飄揚，鮮黃色的葉子彷彿載重，被風吹著跑。

「我討厭他，」強肯斯說。

「我爲他老婆感到難過，」葛瑞格夫人說。

「先是不得不跟他住一起，然後中風……」強肯斯說。

「然後又不得已跟他住一起……」葛瑞格夫人說。

德克森反恐中心是本鎭的一大希望。如果德克森竣工，科員能轉調到德克森，不但能保有福利和年資，薪水也看漲，因爲國土安全部的待遇比空軍好。我們全上呈請調書和自我評估單，現在只能等回音。

林姆尼例外。林姆尼馬上接到好消息。林姆尼認識一個認識高官的人。他馬上獲得**高效率**認證，即將直升德克森，大家之所以討厭他，可能和這一點有關。

我的想法是，他的命眞好。如果他被調去歐瑪哈多麻煩，可想而知。他和妻子在這裡有固定作息，有親朋好友和同事，有殘障專用廂型車，有訂做的電動床。如果拔掉這裡的根，轉到別的地方從新開始，多費事。

「回家，回家，回家，」葛瑞格夫人說。

「皮滋，皮滋，皮滋，」我說。

「哎唷，你好可憐喔，」葛瑞格夫人說。

「要是換成我，像你在那麼多人面前上臺，我倒寧願腦子吃一顆子彈，」強肯斯說。

話一說完，場面僵了好一陣子。

「啐啐啐，老弟，對不起，」他對我說。

禮堂座無虛席。我坦誠、認同、解釋、誓言。進入問答階段，有媒體問，基地不是要裁撤了嗎？爲什麼要砸重金蓋河狸棲息地？我說，因爲空軍致力於確保環境永續性，希望裁撤後的所有基地都能以物種健全爲優先，促進多元動植物共生。

記者會後，林姆尼回到零食區。他問我說，天塌下來，你也能皮滋吧？我說，那可不一定。我皮滋過性騷擾案、劇毒廢料焚化爐破裂事件、五六件戰機油料外洩風波。勒馬斯特將軍坦誠自己是同性戀的那一次，他事後反悔說不是，然後再反口否決先前否認的言論，說法反反覆覆，全在同一天。然後人間蒸發一星期，和高中女兒的閨蜜混在一起，我也皮滋過。

「早先你可能注意到了，我其實沒打電話給異味科，」林姆尼說。

「我的確注意到了，」我說。

「我就欣賞你這一點。你明白人生有複雜難解的時刻，」他說。「你有空嗎？我想帶你去看一個東西。」

我跟隨他，走回敦睦科。裡面依然臭薰薰。我跟著他走進影印間，裡面更臭。影印間裡有一大包東西，用塑膠氣泡布裹著。

「自我提醒，」他說，「氣泡布嘛……包不住臭味。」

他切開氣泡布，裡面有一大團泥土，土塊之中伸出一只鞋子，鞋子裡有一隻腳，一隻爛掉的腳，穿著爛掉的襪子。

「我不懂，」我說。

「在德克森基坑底下發現的，」他說。「我想說，先藏進這裡幾天看看吧，結果，哇。很扯吧？」

他切開第二包。裡面是另一個人，沒土塊，身體縮著，長褲破爛不堪，看起來像掉進芥末醬。這一個比較矮小，像騎師。

「這兩個看起來滿古早的，」林姆尼說。

看起來的確古早。兩人的鞋子是粗製大鞋子，腳趾甲也大又粗。

「德克森遇到什麼狀況，你懂了吧？」他說。

我不懂。但我想一想，懂了。

以前，基地原本計畫興建室內短柄牆球場，結果工地挖出半個奧奈達印第安人的鼻環，整個計畫因此泡湯。同理，機動車庫改善方案也停擺，只因工地發現一小塊殖民地時代的陶瓦器。

如果破陶瓦和半個鼻環能讓施工計畫破局，年代久遠的兩具古屍／木乃伊一曝光，後果可想而知。

「另外還有誰知道？」我說。

「營建商，」林姆尼說。「瑞克・格蘭尼斯。你認識瑞克嗎？」

我從幼稚園就認識瑞克了。我記得，他有一床毛毯，被他取名爲「毯潭」，有誰敢用別的名字稱呼他的毛毯，他就翻臉。現在，他有一輛Escalade休旅車，在奧提希克湖畔有一棟避暑別墅。

「幸好瑞克覺得無所謂，」他說。「他肯照我的意思做。」

瑞克寫好一份**每日歷史資源評估單**，林姆尼拿給我看。在評估單的「非史蹟廢物」欄，瑞克塡寫：「兩個當代汽水瓶，一個當代凸緣。」另外，在「既有史蹟/文物證據」欄裡，他塡寫：「據我所知沒有。」

林姆尼對我說，你是對外做簡報的達人，轉調德克森有大紅的機會。就我所知，林姆尼認識一個認識高官的人。你對反恐工作的意願高不高？

我說，高啊，當然高。

他說，就事論事，它們不過是屍體而已。地底下屍體多的是。全世界每一棟建築下面，如果挖夠深，八成都挖得到屍體。從他們的狀況研判，可能有人挖了一個大洞，把他們葬在一起。他們沒穿壽衣，沒躺棺材，也沒有灰頭土臉的殘花，不見印著禱告的祈禱卡。

我說，我聽不太懂。

他說，他考慮重新下葬他們，以示尊重，把他們埋在沒人挖得到的地方，不會再搞壞德克森施工地點。

「講句老實話好了，」他說，「我正缺人手幫忙。」

我想起四號錄音帶：《活在當下》。在這情況下，「當下」是什麼？牡蠣起火了，我如何從殼中撬出珍珠？男童溺水了，該如何搶救？我實行**實際傷害分析**。重新下葬能傷害到誰？木乃伊會受傷嗎？他們老早超過受傷的年代了。重新下葬對誰有幫助？林姆尼夫妻，德克森的全體未來員工。

我。

爸媽。

爸跟著我爺爺，爲蓋洛普鏈條公司效勞三十年。後來，公司收掉了汽車部門。只剩單車部。爺爺被資遣，過了一星期，死了。守靈那一天，我爸也被資遣。過了一個月，我們發現我妹吉恩病了。她八歲就死了。她死前的心願是迪士尼。然而，當時我們家財務吃緊。快到最後的時候，爸向他討厭的哥哥力歐借錢，可惜我妹已經病到無法出遠門。爸有個陸軍朋友家住南加州巴斯托市，他請這位朋友帶著超八毫米攝影機，去迪士尼走一圈拍片。錄影帶被我妹反覆看好幾次。爸是那種自我感覺良好的樂天派。照他的說法，我們在最後一刻逆轉勝，跌破眾人眼鏡。對不對？能給小吉恩大開眼界的機會，很了不起，對不對？

然而，吉恩的面具已經被病魔磨掉了，只以誠實的一面見人。

「只不過，我還是但願能眞的去玩一趟，」她說。

「有啊，我們等於是去過了啊，」爸說，面露驚惶。

「哪有。我但願我們眞的去玩一趟，」她說。

吉恩過世後，她的房間原封不動，我們每年還會幫她慶生，從此開始不斷做最壞的打算。我讀高中，每次學校辦慶祝會，我回家總發現母親拿念珠坐著，念念有詞，祈禱我能平安回家。甚至是購物袋掉地，或者麵醬玻璃罐摔破，都會嚇得爸媽悶悶不樂，滿腦子想著：死定了，死定了，這還用說嗎，世界末日的前兆不就是這個嗎？

八年後，有一夜，兩個拉脫維亞人來了。

所以，給爸媽一丁點好運，稱不上奢求吧？

「至於安插工作的事，」我說。

「我絕對幫到底，」他說。

處置方式是，我和他一次抬一具，搬進他的殘障者廂型車。這輛車有升降機，方便妻子上下。我們其實用不著升降機。這兩個傢伙輕得很。東西上車後，我們開車進任務科後面的森林掘穴。由於樹根很多，洞不太容易挖。我下去坑裡，他小心翼翼把古屍傳給我。古屍非常乾硬，很難相信還能發臭。

我們把土塡好，踹鬆幾堆落葉，拖一小棵斷樹壓在上面。

「你還好吧？」他說。「你看起來有點被嚇壞了。」

我問，要不要禱告一下？

「你要就自己禱告吧，」他說。「我的想法是，這些人已經死太久了，不是早就見過上帝，就是跟上帝無緣。有沒有上帝還是問題呢。可能有吧，也可能沒有。對我來說，什麼才是眞的？我老婆。我今晚回到家，她會在家裡等我。還沒吃飯，想洗個澡。她單獨在家守了一整天。對我來說啊，那才是眞的。」

我禱告幾句，講完後抬頭。

「我感謝你，我老婆也感謝你，」他說。

上車後，針對重新下葬一事，我做一次**正視內疚法**。我把內心這份**窮愧疚**想像成一群黑狗，想像自己打開院子門，丟一塊**正視肉**出去，黑狗追著肉，衝到懸崖，全掉下去，瞬間變成一群烏鴉（亦即：無正負／無愧疚能量）。烏鴉飛走了，內疚全解消。

回到敦睦科，我們把鏟子洗乾淨，用松木香清潔液打掃影印間，窗戶全開，在通風期間查看電郵。

隔天早上，臭氣消失了。只不過，辦公室有嗆鼻的松木香。十一點左右，吉甫進辦公室，巨大的雙下巴貼著一個大ＯＫ繃。

「哇，今天辦公室氣味挺清新的嘛，」他說。「這可要讚美主啊，對不對？所有東西都該讚美主。」

「你下巴怎麼了？」林姆尼說。「在教堂起乩，撞到長椅了嗎？」

「我們不起乩，」吉甫說。「是我刮鬍子刮到的。」

「有意思，」林姆尼說。「再見。」

「還不能再見，」吉甫說。「我還得進行**事後追蹤**。依你個人見解，今天不再有昨天的臭氣的原因是什麼？」

「奇蹟出現，」林姆尼說。「基督帶**松木香**空氣清香劑下凡來了。」

「我眞的不太習慣你那樣講話，」吉甫說。

「不習慣？乾脆祈禱我戒掉吧，」林姆尼說。「看看有沒有效。」

「我告訴你一個寓言好了，」吉甫說。「我們教會有個女孩子，她嘛，臉上好像永遠掛著笑容，不知道爲什麼。她先生不上教堂，老是解釋說，她不是眞的樂翻天，其實是因爲她有一種病。就好像老婆越快樂，他就越生氣。後來，他來我們的教會，結果怎麼了，你猜。」

「女的奇蹟似的病好了，男的奇蹟似的突然不生氣了，」林姆尼說。「上帝伸手到人間，把夫妻倆治好了，不進你教堂的全世界所有人繼續泡在苦海裡，哭個不停。」

「呃，不對，」吉甫說。

「嚴格說來，你剛講的不算寓言，」瓦博林說。

「有些人只待在自己的層次上，你就是這種人，」吉甫說。「這種人心裡多了一份怨。我並不是說我不是凡人，萬事如意。哼，我跟你們一樣有血有肉。不同的是，在我拼命的時候，有一個永生用不著拼命的上帝在幫我。就因爲這樣，我有時候可能顯得很淡定，你或許會說，我很自信。我們教會裡的每個教友都有同樣的安寧。不只我一個。

我們認爲，全是因爲上帝。」

「等到你脖子被我扳斷了，看你還能淡定到什麼程度？」朗恩．林姆尼說。

「朗恩，好了啦，」提姆．強肯斯說。

「提姆，住嘴，」林姆尼對他說。「大家仔細聽，搞不好聽得見北美洲極端狂徒在叫喔。」

「你自以爲你是自己的造物者，搞不好因爲這樣，極端狂徒其實是你自己，」吉甫說。

「夠了，這裡是辦公的場所，」林姆尼說。

這時候，彌爾頓．蓋爾敦走進來。蓋爾敦是**徒手美化場所科**的科員，薪階 GS-5，任務是手持一根尖棍子，在基地裡到處撿垃圾，發現動物死屍，就打電話叫動物科，發現汽車電池，就打電話找環保科。

「想不想看怪東西？」他說著舉起桶子向前。「在任務科後面發現的……」

桶子裡有一隻黃黑色的人手。

「是眞人的手嗎？」安珀說。

「起先我還以爲是手套，」蓋爾敦說。「仔細一看才發現不是。看到沒？沒有手套洞。實心的。」

他拿筆戳一戳手，以表示確實缺乏手套洞。

「我注意到另外一件怪事，」吉甫說。「昨天不是有臭味嗎？我突然又聞到了。」

他嗅著嗅著，鼻尖湊近桶子。

「有了，臭味差不多，」他說。

「這八成是安全科的職權吧，」林姆尼說。

「我不認為是，」吉甫說。「這隻手似乎是異味的可能來源。彌爾頓，你帶我去你撿到這隻手的確切地點，可以嗎？」

兩人一走，林姆尼叫我過來。媽的，手是怎麼掉的？天啊，我們另外還漏了什麼？他說，這不好笑，這可能會害我們坐牢，你不明白嗎？我們明知故犯，擅自更動可能是史蹟的地點。最起碼，我們也會被媒體圍剿個半死。至於德克森工地，這件事的風聲一走漏出去，德克森反恐中心保證蓋不成。

我在用餐區吃午餐。小比爾剛從歐瑪哈回來，向我們報告他的心得。他投宿在**迷舍**，全名是迷你旅舍，房間小如衣櫃，客人等於是用抽屜送進去的，每晚只准出櫃兩次，想再外出，一次索價三元。

林姆尼出來，說他趕著回家，因爲老婆的腳抽筋了。每當她的腳抽筋，治療只有熱敷一途。他準備一個專用煮義大利麵鍋和藍白兩套抹布，一套熱敷雙腿，另一套在鍋裡加熱。

林姆尼走後，紀律渙散了。我看向窗外，看見瓦博林走向他的車，腳步小而不自然，一支碼尺從褲管溜下來。他彎腰撿碼尺，印表機墨水匣從外套掉出來。他屈身撿墨水匣，帽子落地，裡面有一盒訂書針。

下午三點，環保科的杜瑞爾小姐來電問，你們還有沒有戴奧辛塗色書？懂不懂我指的是哪一本？不是最近又發生外洩事件了，只是以前外洩的地方又有再外洩的疑慮。我懂她指的是哪一本。她要的是《東尼．戴奧辛》，副標：被嚴重誤解但使用正確時卻相當實用。

手機響起時，我正好在儲藏室找書。

「幸好我找到你了，」林姆尼語氣僵硬說。「你能出來任務科一趟嗎？我在回辦公室路上順道過來，結果，不得了，吉甫發現一個驚人的東西。」

「他就站在那上面嗎？」我說。

「好了，待會兒見，」他說完掛電話。

我把車子停好，這裡有一座史潑尼克衛星時代的噴射機塑像，擺在基座上，假飛官的頭被硬扭向後，一根樹枝塞進鼻孔裡，機身被小孩塗鴉：「我的屌如果有赤綁一定長醬。」

天空開始飄細雪了。吉甫一定是來鏟過墳墓了，矮子的頭頂露出來，而土塊男的腳丫露出一半。

「哇，」我說。

「哇得好，」林姆尼說。

「幸好我當過童子軍，」吉甫說。「看見沒？滿地是腳印。也有輪胎痕。在我看來……這像是推理小說，也像那種眼見不一定爲眞的事件。因爲，這兩個傢伙是哪裡來的？埋葬他們的人是誰？昨天你們辦公室爲什麼臭薰薰？爲什麼臭味和那隻手那麼相似？依照我的邏輯嘛……我自問，方圓幾百碼之內，有那個地方最近被深掘過？我想通了……德克森。挖得深，而且是最近的事。你們覺得怎樣？我打算明天去找史蹟科，看看工地那邊前幾天挖到什麼東西。」

林姆尼的妻子中風後，我去醫院幫忙他帶她回家，夫妻倆一見電動床，忍不住淚崩。

此時林姆尼的臉色比那時候還難看。

「媽的，告訴他算了，賭他不會洩密，你覺得怎樣？」林姆尼對我說。

我心想，不行不行不行。吉甫稱不上是幽默感之王。去年，他辦耶誕慶祝會，在場的人只有我一個不是教友，當時出了一個大狀況。吉甫夫妻剛生一個寶寶，太太的親友送小孩一個**地獄魔童**絨毛玩具。在節目裡，每集一開始，魔童是個乖順的小天使，講話大舌頭，然後他遇到不順心的事物，一發脾氣，整個人化身為惡魔，操著東歐口音，拿著火紅的棍子到處跑，看見正經八百的人就戳他們屁股。

「以我和我的房子而言，這小傢伙不能待在這裡，」吉甫當時說。「只不過，辛蒂顯然有不同的看法。」

要我描述辛蒂的話，我會說她外型還算不錯，只是有點畏畏縮縮。

「我們兒子安迪不覺得它是惡魔啊，」她說。「他看了喜歡就好。」

「哼，我倒覺得它是惡魔，」吉甫說。「怎麼看就是不順眼。何況，在這個家裡，有一本聖書告訴我們，父親／丈夫該扮演什麼角色。我說的對不對？」

「大概對吧，」她說。

「大概？麥克神父說過，態度唯唯諾諾，表示妳對持家之道的神意一知半解，」吉甫說。「對不對？對嗎，麥克神父？」

「呃，一家只能有一個主，這是一定的，」穿史努比毛衣的男子說。我猜他就是麥克神父。

「算你對，硬漢，」辛蒂對吉甫說，然後氣呼呼走開，耶誕樹上的飾品跟著叮叮響。現在，我看得出吉甫的腦筋在運轉。或者是努力想動起來。他的頭腦不是很靈光。有一次，他在外廳，我在一旁看見，他想用影印機影印東西，試了十分鐘才發現插頭被拔掉了，影印機正準備被送去銷毀科。

「咦……你是說，這是你們兩個埋的？」吉甫說。

林姆尼說，吉甫有老婆，有個小娃娃，想不想轉調德克森啊？說不定，吉甫明白林姆尼認識一個認識高官的人？

「哇，老天啊，眞的是你們兩個做的好事，」吉甫說。

他鬆手讓鏟子墜地，走向樹林，好像驚嚇過度，似乎想藉大自然美景舒緩情緒。樹林裡有三個破馬桶，每隔大約十個樹叢有個紅標，我不懂爲什麼。

「我只講得出一個字，哇，」吉甫說。

「人早就死了嘛，老兄，」林姆尼說。「又礙不到你。」

「對，不過，這兩人的造物者是誰？」吉甫說。「是你嗎？或是我？好吧，我把話講白了。我認爲我知道這個狀況是怎麼來的。你們兩個最近都受過沉重的打擊。一個的老婆中風，另一個痛失父母。所以你們一時糊塗，踏出錯誤的一步。不過，上帝能救贖，只要世人敞開心胸。我怎麼知道？我就遇過這種事。我今年也受過一次沉重的打擊。爲什麼？因爲我老婆……我乾脆直說算了。我們的寶寶不是我的親骨肉。辛蒂跟我們的一個朋友凱爾糊塗出軌了。我在耶誕節前不久才發現。所以耶誕會那天口氣那麼衝。那件事害我情緒低迷到極點——我和她像火柴和瓦斯。我氣炸了，被妖魔附身了。我開始捏她，可憐的她，被我捏得兩手臂都是瘀青。不是趁她睡覺的時候，就是氣到衝向她，匆匆捏她一把。後來，一月十日，我受夠了，祈禱說，『主啊，我太渺小了，請引我升天投效您，我不想再過這種日子了。』結果，上帝顯靈了。我像中彈似的倒地。醒來之後怎麼了？我的心全變了。上帝榮光萬丈。鬱悶全從我的胸口飄走了，這可不是比喻的說法喔。我對寶寶的仇恨也消失了。一轉眼，安迪是我的親骨肉無誤。」

「故事講得不錯，」林姆尼說。

「才不是講故事，是我親身的遭遇，」吉甫說。「重點是，我內心原本就有一個寬大爲懷的種子。人人都有！我不是個十全十美的人，不過，我心中有個好成份。我胸中的善火就算微不足道，終究還是個火苗。懂我的意思嗎？你們也一樣。你們心裡的好成份是什麼，你們知道嗎？就是眞理至上的那一個成份，也就是我們教會所謂的基督成份……我的基督成份知道，捏老婆是不對的。你們的基督成份見到你們偷偷摸摸埋葬古屍，會有什麼感想？坦白面對一下。在正常狀況下，你們會走上這條路嗎？」

我聽了一時無法招架。

「這個節骨眼，我是不是應該發羊癲瘋，然後你過來摸摸我的鳥，讓我不藥而癒？」林姆尼說。

吉甫一愣，轉向我。

「用心思考一下這些東西，」他輕聲說。「好好珍惜，正視一下。然後跟我保持聯絡，有空來我們教堂坐坐。我有把握，你一定能遇見你的眞理。」

忽然間，淚水湧進我的眼眶。

我也不曉得爲什麼。

「混帳，我是爲了我老婆著想，」林姆尼說。

「爲所應爲吧，無論發生什麼狀況，」吉甫說。「我們壘球隊的球衣都印這句，我也深信不疑。球衣背面印著：『對便宜行事先生說，有緣再見。』送你這句嘉言，朋友。」

林姆尼是個彪形大漢。有一次，他火大了，去販賣機區的路上猛拍一下，手印現在仍在那上面。有一次，葛瑞格夫人的耳環掉進影印機底下，他抬高影印機的一邊，這時候正巧有人來電，跟他討論福利事項討論了半天，他一直沒放下影印機。

「敢惹我，你走著瞧，」他說。

「撒旦，退到我後面去吧，」吉甫引用《聖經》說。

情勢有點緊繃。

我的電話響了，又是杜瑞爾小姐。她說，今天下午四點，有一小群震怒敢言的民眾想來踢她館。她問我死到哪裡去了。她要的戴奧辛書呢？那本書好像跟驢子有關，驢子・戴奧辛，是吧？副標是：做事有魄力。主角也可能是猩猩、負鼠、或什麼鬼東西吧？她記得結局是村民好感激，猩猩/負鼠/驢子/什麼鬼東西讓村童騎著玩，書還附贈一片光碟。

「你走吧，」林姆尼對我說。「這件事由我和吉甫解決。」

我去儲藏室把書找出來，送到環保科，已經五點多了。

我打卡下班，朝我家前進，狂飆過我們這棟令人難爲情的小鎭，頹頭酒吧外面有幾個醉漢，正推著快融化的雪球，想推上笑哈哈的酒吧霓虹燈。百視達租售店有個新噱頭，能把所有錄影帶辨識爲藝術片或一般片兩大類。兩個高跟鞋美女正走向歐土瓦塔米河，彼此扶持，走得辛苦。爲什麼想去河邊？現在黃昏了，河岸那一區全是泥濘和一艘舊駁船。

但願我能去關心一下，可惜我沒空。每次我晚回家，爸媽會急得亂衝亂喊：哪裡哪裡哪裡？最後總以互相抱頭痛哭收場。這是他們的一種習慣。其他的習慣包括，雨天，他們上天花板，臉朝上躺著。想親熱的時候，他們會以百米速度朝對方衝刺，穿身而過，哼哼哈哈的。

拉脫維亞人來的那一夜，我約車輛科的克莉歐出去，坐在車上卿卿我我，觀看疣豬部隊練習夜間射擊。情不自禁了。她租的房間在房子側面，木造樓梯欠穩。我有沒有打電話報告爸媽說，我會晚一點回家，可能整晚都不回去？我沒打。隔天早上，我回到家，發現房子被警戒線包圍。一般警察會用粉筆在陳屍處畫輪廓，這次警察只從活頁簿撕下一頁，擺在樓梯上，註明「死者女性」，另一張在廚房地板上，註明「死者男性」。

我告訴自己：假如昨晚我在家，我也一樣沒命。拉脫維亞歹徒有槍。嗑快克嗑昏頭的兩個歹徒衝進門，連偷東西都忘了。

不管了。死前，媽的坐骨神經痛發作了，而且剛拔掉兩顆牙齒。人生路走到盡頭，她躺在樓梯上，反覆喊我的名字，像是在問：他去哪裡了？他也中彈了嗎？隔天，在樓梯歇腳處，我發現一個小棉花球——是牙醫塞進牙洞的棉花球。

所以，如果爸媽要我下班立刻回家，我就下班立刻回家。

爸媽站在廚房窗前，望著後山那座廢棄的滾珠軸承工廠。我童年期間，不斷有滾珠軸承瑕疵品被拋棄，順著山坡滾進我們家院子。工廠關門大吉以後，一台車床滑下來，一天大概下滑一英呎，撞上橡樹之後才止滑。

「雪下得嘩啦啦，」爸說。

「美是美，可惜我們不能出去，」媽說。

「太老了，我猜，」爸傷心說。

「或別的原因，」媽說。

我擺三組餐具。和往常一樣，晚餐從頭到尾，他們一直想拿叉子卻拿不起來。飯後，他們湊向地板照明燈下面，這是每晚他們最美妙的時光。每當他們站進燈光投射出的熱，他們不會覺得溫暖，只會讓童年往事歷歷在目。

「有焦糖融化的香味，」媽說。

「我頭一次看見道奇隊制服不是黑白的心情，」爸說。

爸叫我把電燈亮度調高，我幫他調高，結果他們嘰哩呱啦起來，講話快到不合文法。

「切甜菜手變紫色，母親覺得好好笑，」媽說。

「車子滴答響，震得我雞雞硬起來，克萊姆先生的表情像在說，你是在摩擦雞雞吧，既羞又驕傲，雨下得好大，雨槽滿了，老鼠掉進狗碗，」爸說。

兩人步出燈光，甩掉往事。

「他三句不離雞雞硬起來，」媽說。

「能硬起來是很大的福氣，」爸說。

「你這輩子福氣滿多了，」媽說。

「應該是吧，」爸說。「將來也會繼續，希望如此，一直到我死的那天。」

提到「死」字，爸愣了一愣。每次我們在電視上看見謀殺，他們會伸手摀住眼睛。

每次汽車引擎逆火砰一聲，他們就會嚇得躲進沙發下面，我只好趴下去勸他們出來。有一次，一隻鳥死在窗台上，他們躲進食品儲藏間，整天不出來。

「一直到你死的那天，」媽說，彷彿想理解這句話的含意。

他們再次發問之前，我出去剷雪。

鏟雪車聲從鎮上各地傳來，有刮雪地聲，也有倒車時的嗶嗶嗶。今晚滿月，有光暈。放在大衣口袋裡的手機響了。

「出狀況了，」林姆尼說。「你可以出門一下嗎？」

「我人正在外面，」我說。

「喔，我看見你了，」他說。

殘障專用廂型車從街上緩緩駛來。

「計畫變了，」他仍講著手機，這時候停好車子。「事情做了就做了。德克森能挽回也能失去。災害可以降到最低也可以升到最高。」

他下車，帶我走向滑動式車門。

我心裡想，不會吧。你該不會把可憐的古屍又挖出來吧。難道他把史蹟科當傻瓜嗎？他以為史蹟科接到木乃伊消息，跑去看，只見一個最近填好的坑，難道會以為，哎唷，吉甫，眞好笑，你笑破我們肚皮了？

「不是木乃伊吧，」我說。

「是就好了，」他說著摜開車門。

躺在車上的是吉甫，手指彎成猛抓住崖壁的形狀，可憐的粉紅眼鏡吊在一邊耳朵上。

我往後退一步，被路肩絆倒，跌坐在雪堆上。

「我只是和他去散個步，狀況就失控了，」他說。「可惡，可惡，可惡。我盡量跟他講道理，他卻一直跟我扯他那套基督教狗屁。老實說，我被逼瘋了。一時失去理智。你大概也有同樣的經驗。」

「你殺了他？」我說。

「發生一件實屬不幸的場面，導致他喪生，是的，」林姆尼說。

和吉甫同在車上的是一塊大石頭，以血紅的紙巾半裹著。

我問他有沒有報警。他說假如他打算報警，媽的，怎麼會把吉甫丟進車上？他說我們應該想個務實的方案。他自知把事情搞壞了，下半輩子賠不完，但絕不能拖累老婆。假如他去坐牢，老婆怎麼辦？去住州立安養院嗎？不行不行不行，他說。人死就死了，他無力挽回。何必也害死老婆？

「我們怎麼處理這個傢伙？」他說。「動動腦，動動腦。」

「我們？」我說。「是你一個人吧。」

「天啊，慘了，」他說。「我不敢相信自己殺了人。我，是我殺的。老天啊，哇。好吧。好吧。」

雪花被吹進車上，覆蓋吉甫，在眼鏡上融化，在長褲和裸腿之間累積。

「你認識我老婆，你欣賞她，對不對？」林姆尼說。

我的確欣賞凡兒。記得在爸媽的喪禮，林姆尼推著她的輪椅前來，她叫林姆尼提起她的一隻手，在我手臂上輕拍幾下，氣氛感傷。

「因爲，我告訴你一件事，」林姆尼說。「在德克森安插工作的事……你沒問題了。我已經幫你推薦了。公文已經在跑了。可以嗎？你就接受這個機會吧。飛黃騰達，稍微自我犒賞一下，找個老婆，生幾個小娃娃。這世界給你的霉運夠多了，對吧？這件事不是你做的，是我。我不該跑這一趟。假裝一下，我沒來，可以嗎？」

我站起來，開始做**道德獲益評估**，然後想到，不行，絕對不行，這件愚蠢的鳥事，連考慮都用不著。

吉甫雙下巴的ＯＫ繃翹起來，露出刮鬍子的傷疤。

「因爲，他是誰啊？」林姆尼說。「他到底是什麼人？值得賠上我老婆嗎？他連人也算不上吧？對我來說，他不過是個專門製造笨點子的工廠。就這麼簡單。」

可憐的吉甫，我心裡想著。可憐的吉甫太太，可憐的吉甫寶寶。

可憐的凡兒。

可憐的所有人。

「你可別惡搞老子我，」林姆尼說。「你不會整老子我吧？會嗎？好。那就好。」

他轉身離開，用力摔上車門，發出一種小而怪的喉音，好像他也受不了自己做的事，現在但願能一死了之，只可惜他不能，因爲死只會讓他自己更像王八。

「我覺得自己在做惡夢，」他說。

說完，他把吉甫那塊大石頭砸向我的頭。我不敢相信。我倒了下去。他揮得太用力，自己一屁股坐下。幾秒的時間，兩人都坐著，好像在打牌或什麼的。我推開他，爬走，爬過院子，進家裡，扣上門閂。

「我不喜歡，」爸心慌意亂說。「我剛看見了，不喜歡。」

「人不應該做那種事，」媽說。「那種事不正大光明。」

他們一受到驚嚇，常從A點閃到B點，兩點之間見不到身影。媽一下子在前廳，一下子在廚房，一下子又在樓梯上面。

「你最好去看醫生，」爸說。

「帶這個可憐的孩子一起去，」媽說。

「他忽然就冒出來了，」爸說。

沙發上多了一個人。我仔細一看才認出他是誰。

吉甫。

或者是個像吉甫的人：皮膚魚肚白，渾身赤裸，頭有個血洞，眼睛瞇著，一手扶著眼鏡。

「嘩，」他說。「想破了頭，也沒想到會是這種情況。」

「什麼情況？」爸說。

「人死後的情況……」他說。

爸閃來閃去，一會兒在椅子上微笑，一會兒原地跑步，一會兒跪在雜誌架附近。

「老弟，你沒死，只是沒穿衣服罷了，」爸說。

「沒穿衣服，而且被人敲破頭了，」媽說。

「他們不知道嗎？」吉甫說。

我對他使眼色，暗示：拜託，不要。我們只想多享受一點家庭溫馨而已。我聽著爸媽講他們的童年往事，聽他們播放戀愛階段時的唱片，趁他們不看我的時候盯著他們看，告訴他們一直以來他們多麼照顧我和妹妹，我們兄妹倆一直覺得好安全。

「你不愛他們嗎？」吉甫說。

我記得妹妹下葬那天，在葬儀社外面，媽扶著爸，爸想在消防栓上坐一下，西裝翻領上有個相片別針，相片裡的小吉恩笑盈盈。

「那你最好趕快告訴他們，」吉甫說。「以免後悔莫及。因爲啊，你看。」

他站起來，有點搖搖晃晃，跛著腳走過來，對著我的臉呼氣。

原來，剛死的人如果對著你的臉呼氣，可以讓你預知未來。

我看見爸媽永遠被困在這裡，夜復一夜重演遇害身亡的場景，情緒一年比一年激動，最後喪失理智，兩人只能不停撕扯對方的皮肉，像一對生氣的鳥，永不停休。

我告訴爸媽眞相。

「好好笑，」媽說。

「別鬧了，」爸說。

「有時候，我們是有點傷心吧，」媽說，「但我們絕對沒死。」

「是嗎？」爸說。

接著，兩人講不出話。

「糟糕，」爸說。

忽然，兩人好像聽見遠遠有聲音飄來。

「哇，舒服多了，」爸說。

「感覺棒透了，」媽說。

「就好像閃到腰，痛了好久，忽然不痛了，」爸說。

「就好像出席盛大舞會，衣服弄髒了，轉眼間，衣服變乾淨了，」媽說。

兩人面帶微笑，穿牆而過，倏然爆發兩個小光點，然後消失。

吉甫蒼白而駝背，閃閃發光，個子比生前高，一陣微風吹著他頭髮，風向古怪，好像同時來自四面八方。

「現在是有一股榮光，但和我以前想像的不一樣，」他說。「以前我料想錯了。多半都錯。好像我的心思是個小籃子，大洪水灌進來，而我卻只微微知道更大的洪水快來了。」

「你一向是個好心腸的人，」我說。

「我才不是，」他說。「老是逢人就強迫推銷我的小小見解。捏我老婆！現在，多悲哀啊。因爲，林姆尼做了什麼事，你曉得嗎？他假冒我身分，寫信騙她說，出軌事件後，我不愛她了，我想離開她。騙鬼啊！風波發生後，我照樣愛她。可惜，這下子，她終生都以爲我不愛她，丟下她和寶寶不管，而我們才剛要化解捏人洩恨的心結咧。」

他熱淚盈眶，頭髮不再飄揚，粉紅眼鏡被他的手握斷。

「去看她吧，」我說，「去告訴她眞相。」

「去不了，」他說。「機會只有一次。」

「什麼機會？」我說。

「探視之類的……」他說。

我在想：那你怎麼來看我？

他只微笑一下，有點感傷。

然後，前窗被敲碎了，林姆尼拿著拆輪胎用的橇棒爬窗戶進來。

「就快發生了，」吉甫說。

果然沒錯。只揮舞兩下就結束了。其實不痛，但很恐怖，因爲撬棒打中的人是我，我，我，在學期間是個好學生，認爲紫丁香是專屬自己的花，妹妹臨終時，常躲進衣櫃裡偷哭。

快死了，一種感覺爆發出來，我只能用眞理——能量——洪流來稱呼。我不太能傳達那種感覺，因爲我仍在生命有限的狀態。感覺很幸運/不幸，能嗅到雨，能摩擦手掌，也能讓剛認識的人見我走來就眉開眼笑。

林姆尼踉蹌走到門口，打開門閂，站著望外面。

我穿過他身體，瞭解到即使是剛殺了人，他滿腦子仍是老婆，走投無路、心驚膽顫的想法混合著愛意，只求她平安。

吉甫和我手牽手，走過院子，但兩人之間大概有十五英呎遠。去哪裡呢？我沒概念。不過，我們前進的速度很快，快到基本上是在卓曼街上蜻蜓點水，在變大的同時也變得更輕盈，然後，我們飛起來，飛越Kmart/Costco廣場，橫越萬德湖面，掠過小鎭北邊的整個丘陵區。

現在，我們飛到吉甫家的上空：屋頂積雪，燈全開著，後院有池塘，池塘裡有月亮的倒影。

吉甫說著/想著：可以麻煩你嗎？

我說著／想著：我去。

辛蒂在餐桌前處理繳費單，紅著眼，僞造信掉在她腳邊的地上。她看見我，筆掉了。我渾身光溜溜嗎？蒼白嗎？頭髮是不是飄來飄去？是，是，是。我赤腳踩著那封僞造信。

全是謊言，我說。你老公死了，托我向妳致愛。兇手是林姆尼。林姆尼。說啊。林姆尼，她說。

我唯一的機會用完了。讓我們飛翔的動力把我吸到房子外面。但在臨走前，我看見她的臉。

我回到高空，和吉甫會合，把他老婆的臉顯示給他看。他很高興。現在，我們能離開了。

我們兩人都能離開了。

我們離開。

飄落的雪花穿透我們的身體，海鷗也穿身而過。幾十座城鎮，幾百座城鎮從下面川流而過，我們聽見他們的祈禱、怨言、痛失親友者傳達的數百萬個訊號。世人私底下的疑慮如曳光彈，朝天直射，我們一面飛越，一面略讀著他們的疑慮：有個女人嫌鼻子太大，有個男業務員幾個月推銷不出東西，有個小孩連續三天穿同一件髒上衣，有一對姐妹擔心一直說想死的妹妹。在這段期間，我們體形一直變大，愛心也加強，我和吉甫的差別逐漸模糊。就在我們即將加入一個我只能用「無所不胃納」形容的東西之前，我最後一個念頭是，吉甫，吉甫，請你解釋，你爲什麼回來找我？

他不必開口，我能體會，他的盤算如今能映照在我心裡：不回來的話，他只能自救。回來的話，他能救我爸媽和我。我去看辛蒂的話，我能救他。

照這種救法，有更多人獲得解放。

所以我才回來。生前的我錯了，心靈太狹隘，把所有事物縮小成我的尺寸，然而，最後，我心裡有一股渴望光明的慾望，叫我回歸，以此挽救我。

謝辭

在此感謝 Lannan 基金會、雪城大學藝術科學學院、以及雪城創作學程與英語系的同事與學生，也感謝 Riverhead Books、ICM、《紐約客》雜誌、《哈潑》雜誌、《君子》雜誌、McSweeney's、Red Hour Films、UltraVinyl Films，謝謝他們在他撰寫這些故事期間慨然支持。

他也想感謝 Paula、Caitlin、Alena，因爲他們的愛與支持猶如空氣一般恆常、無邊、不可或缺。

推薦跋

那些值得諷刺以對的悲慘樂園——我讀喬治・桑德斯《勸誘之邦》

文—高翊峰

我想讓所有的事情看起來合情合理，這樣，我們全都能得到幸福，沒錯，我們不用緊張了。我編了謊話，所以他們都很高興，於是我把這個悲慘的世界變成了一座樂園。

——寇特・馮內果《沒有國家的人》

二〇一七年十月初，一個商業性合作的旅遊節目邀請，我與影片製作團隊前往蘇格蘭斯佩河流域，沿著生命之水的軌跡，溯源拍攝。

這數日之間，我在斯佩河划行獨木舟，也驅車前往高地區的山崖體驗攀岩，也在北部班夫郡的本利林山區，與登山嚮導一同微雨健行。拍攝的終點，落在水的復返意義，最後一個鏡頭結束於亞伯樂蒸餾酒廠，以及同名小鎮上的旅館酒吧 The Mash Tun ——這棟石頭建築，自一八九六年就開始座落在斯佩河旁。

我在 Alice Littler Memorial Park 漫步，走過跨越斯佩河的「便士橋」（現名為 Victoria Bridge）。過去生活在河兩岸的人，需要提供一便士，作為過橋費。現在回想，那座橋應該是活者前往河對岸墓園的中陰——在中陰之橋，遊蕩的我，曾經嘲諷自己只是一個沒有國家的人。拍攝工作結束後，我與各集節目主述者告別，搭乘專車離開小鎮。司機是兼職，平時是河流管理員。他聊著河川保育，也提及一輩子從未離境蘇格蘭**這個國家**的釣魚人生。一車兩人，在高地的油畫原野裡，奔往愛丁堡，短暫停留兩日，等候飛機返程。

不可盡信的中陰記憶落在**十月十七日**。

這天我早起，設定失去方向的路徑，先在愛丁堡舊城區慢跑一小時，接著前往大象咖啡屋，啜一杯停滯時光的咖啡。午後漫步，我買了一副停止長大的哈利波特西洋棋，作為孩子的禮物，並在舊城區吃了傳統料理羊雜碎，再返回下榻飯店休憩。

沐浴之後，愛丁堡的小雨夜再度降臨。稍稍可惜，古城石路沒有百鬼夜行。

我打開電視，播放的是一場頒獎典禮。我先認出美國小說家保羅．奧斯特，才留意正在轉播的是在倫敦市政廳的曼布克獎晚宴現場。十月，恆常是文學的消息之月。這年稍早時，我喜愛的小說家石黑一雄獲頒諾貝爾文學獎。這一夜，愛丁堡旅館的電視傳遞消息，這一年的曼布克獎頒給了喬治・桑德斯的《林肯在中陰》。

第一個長篇小說便獲得曼布克獎，我臆測著鏡頭外的驚喜。四方魂靈也碎語，搬演人生悲喜劇。隨後，我想起書架上那本值得尊敬的短篇小說集《十二月十日》。初讀時，我無比驚豔，也深深讚嘆——懂得驚悚與恐怖力量的契訶夫，加上不允許讀者笑出聲的馬克・吐溫，若再注入以物理性格思索庶民處境的舍伍德・安德森，便捏塑了以短篇小說之針刺向這個時代的喬治・桑德斯。

在愛丁堡的那夜，我聆聽穿著黑西裝打領結的喬治・桑德斯，極簡乾淨地感謝致詞，也是那夜，再次認知這位與馮內果齊名的美國當代短篇小說家。

美國式譏諷在文化脈絡裡獨樹一格，已經是純粹既存的現代大眾符號。喬治・桑德斯的小說可以從「美國諷刺」開啟。

我先想到瑟吉奧・阿拉貢斯的啞劇幽默漫畫。這位出生於西班牙的美籍漫畫家，他調侃了自由女神、DC蝙蝠俠、美國警察、主題遊樂園、壟斷型企業等等。這些關乎美國現代性的流行符號，都沒有躲過他的幽默譏諷。從靜態漫畫延伸到影像動畫，九〇年代的《辛普森家庭》與《南方四賤客》，不論從中產階級的哪種若生或死的視角切入，都挑釁著美國最敏感的文化與時事神經。近年，在HBO播出引起熱議的科幻情境喜劇動畫《瑞克與莫蒂》也是如此。這些由邊緣包圍主流的諷刺內核，讓我聯想到影響了喬治．桑德斯的短篇名家瑞蒙．卡佛筆下的美國藍領——如此階級而哭笑失能的哀傷之魂，也在本書裡〈我的妖嬌孫〉、〈耶誕節〉、〈法蘭克．亞當斯〉幽幽顯形。

美國，作爲一巨量的融合體，特別在政治種族、資本物質、市場貨幣、消費傳播的領域裡，美式的自由性格巨量，體制與系統也巨量。面對巨量的瑕疵，黑色幽默的諷刺遍佈各種創作領域，也有其必存必現的意義。電影亦是。

好萊塢作爲一美國符號，也在電影體制內穿刺美式體制的鏡內與界外。粗略例示，從一九四〇年卓別林的《大獨裁者》，到一九七一年由東尼．伯吉斯同名小說改編的《發條橘子》，以及二〇二一年Netflix的《千萬別抬頭》，都能窺見喬治．桑德斯的小說與諷刺幽默傳統的關聯。

我閱讀作者的生平軌跡：

小時候的教育啟蒙於天主教學校。在科羅拉多礦業學院取得學士學位。畢業之後，一九八〇年代曾參與蘇門答臘的石油探勘隊，也置身於環境工程與地球物理的研究工作。年輕時彈吉他玩樂團，現在則在雪城大學擔任創意寫作課程教授，並將哲學視爲新保守主義的負面意圖，而潛心於藏傳佛教中最古老的一宗寧瑪派……一位如此成熟的短篇小說家，難能不費思緒去追蹤他的書寫脈絡。

二〇二一年出版的《A Swim in a Pond in the Rain》給了其中一條路徑。在這本「**不是工具書**」的文學論述書中，喬治・桑德斯與創意寫作課程裡的研究者，論及了四位俄國小說家的作品，並思索短篇文本。

他也曾在採訪中，提及契訶夫的重要論述：藝術不必解決問題，只需要正確地表述問題。小說是**逼近問題**的媒介——這是我迄今依舊維持的寫作態度。那麼，善於運用語言堆疊而形成表述之箭的喬治・桑德斯，是否堅信「契訶夫之槍」的擊發意義？或者，他已經靠向海明威提出不同反思的冰山論述？這其實是《勸誘之邦》帶給我最大的思考刺點。

先論書中的短篇〈我提議的憲法修正案〉，在二〇〇六年出版時，美國最高法院判決同性婚姻的權利受憲法保障，尚未發生（奧貝格費爾訴霍奇斯案／2015.06.26）。全美同性婚姻尚未合法，喬治．桑德斯便以——類同性婚姻的道德性與合法性的難題——反轉譏諷。如此將性別作爲一個巨量單位，進行充滿爭議的「勸誘之說」，讓小說的藉詞得以重複再生。

《勸誘之邦》中，以科幻故事姿態，提供嬰幼兒早期智能發展的教育器材〈**娃娃說™**〉，以及藉由急毒性活體試驗雄性獮猴存活可能性的〈九三九九〇〉，也能展現這種**勸說**本體，也是對集體性制度與群眾意識的迴向提醒，脅逼讀者觀看自身的政治正確與否，以及其後被觀看式的偏頗與否。

這是諷刺的矛與盾。

當小說家與其小說被放置在被觀看的屏幕時，「觀看」便是一場矛盾旅程。

這一點，在製造觀看與被觀看的〈歹戲人生〉裡，有令人驚豔的沉浸式實境節目秀的體驗視角。另一短篇〈小強〉，在異時間與異空間裡，協調員安排**青年實驗體**自摸、自娛、自己與自己的性器培養感情。透過繁複且多層的實驗，不斷堆疊，最終將那可感知的當代荒誕，塑造成型，如那位醒來之後化身大蟲的推銷員……這些短篇，揭露被觀看的可笑，自娛同時悄悄愚眾，展示了諷刺作爲荒謬隱語的意義。

諷刺作爲文化，是國際的，是跨越語言而有的共同體。

依循這條脈絡，伊莉莎白女皇二世在中陰期間，依舊只能選擇靜默面對那些英國的八卦小報。《切腹週刊》譏諷法國戴高樂前總統被禁之後，易名《查理週刊》，仍「邀請」伊斯蘭先知穆罕默德擔任雜誌客座總編輯，告誡週刊讀者「若不大笑，鞭笞一百」，最後招來恐怖主義分子的汽油彈與機槍子彈的血洗攻擊，都能說明諷刺文本價值的高度堅持，不是美國獨有。

〈紅色蝴蝶結〉的故事裡，死了一個女孩之後，揭示集體感染。集體染疫的恐懼來自擁有忠誠符號的狗。熱愛健身的神父，以及由祂豢養的、一隻從苦難中活過來的寵物狗，最終仍像個眨眼般被抹去。在在與再再的矛與盾。在未知國度的未知城市裡，人會在睜著眼的情狀下，眾者盲目。小說揭示現代人的集體盲目與盲從之人的劣根本性。那篇不可思議的經典奇想短篇〈敦睦科〉，更是喬治．桑德斯一再創造的「下一個新詞彙」，讓一次諷刺成就一則寓言。雖有不少異托邦的評述指向，我仍不想將其單純放置在喬治．歐威爾的《一九八四》類比情境下，進行文本析論。

我進一步爬梳**桑德斯式**的黑色悲喜劇。

在一次接受《紐約時報》的專訪時（2013），作者曾多次提及帶給他深遠影響的另一位俄國短篇小說名家伊薩克．巴別爾，以及他寫下的《紅色騎兵隊》與《敖德薩故事》。土地的、庶民的、有血肉的人，先僅只是人，爾後才有機會，不僅只是人。這深一層的連結，可以探悉〈波希米亞人〉，在人作為流動個體，遭遇**世界鐵鎚**時，作為一**顆釘子**的處境。同時，也可以思索安置於短篇集裡的極短篇集〈勸誘之邦〉的形式鑰匙——哪怕那些必須使用**高倍率顯微鏡**才能看見的微故事合成體，只能以公克之重來計量真實。

喬治．桑德斯與其小說，是來自他所創造的真實中陰的時代眾聲。他的短篇值得單篇閱讀，也以此將他的短篇作為集體合唱的單一和聲，而後能發現這些短篇，是桑德斯式點狀短篇的獨特座標。

這些**說服國家**之外的每一點狀的重量，都無比沉重。

喬治．桑德斯拉著《勸誘之邦》到舞池中央跳舞，又是更為沉重的歡慶吧。

在小說的路上，我一直認定，懂得諷刺與幽默的說故事人，經常容易落淚。看似溫柔的寫者，經常有過人固執。那些筆鋒譏諷的描繪，來自真正的悲憫，而看似謙讓的姿態者，多半都是你其實不曾真實認識他為何者的朋友——喬治．桑德斯就是這種小說家。這類寫者走抵的中陰之橋，不容易觀落，除非閱讀他寫的小說。我也是口含一便士，才得以渡橋，抵達彼岸。在入境《勸誘之邦》的這一夜，我遠比當年在愛丁堡準備離境的那一夜，更加確信，喬治・桑德斯是一位淚的默劇演員，固執的冬日燒材人，帶上槍也準備好擊發以犧牲自己的小說刺客。

二〇二二年十月十二日

沒有機會失去美式的**我，寫於臺灣**

書評讚譽

「在小說的路上，我一直認定，懂得諷刺與幽默的說故事人，經常容易落淚。看似溫柔的寫者，經常有過人固執。那些筆鋒譏諷的描繪，來自眞正的悲憫，而看似謙讓的姿態者，多半都是你其實不曾眞實認識他爲何者的朋友——喬治．桑德斯就是這種小說家。」——高翊峰〈那些值得諷刺以對的悲慘樂園——我讀喬治．桑德斯《勸誘之邦》〉

「桑德斯於二〇〇五年發表的這則短篇，預示了二〇一七年的得獎長篇《林肯在中陰》給出的，那種，與其稱爲世界觀，不如稱爲宇宙觀的，信心的質地。閱讀這篇小說，就像『拿鐵鎚敲擊薄薄的岩壁，岩壁裂開後，裡面還有另一層，裡層裂開後，底下還有一層。』進入地心的地心、時間的時間，碰到鬼，也遇見神，無從區辨抵達的是過去或者未來，卻直覺那一點也不重要。」——胡淑雯〈鬼，與拉環式加熱牛排：讀桑德

斯的〈敦睦科〉〉

「無所不在的3D投影廣告，充滿聲光的大都會，桑德斯筆下的消費主義反烏托邦，似乎對應到布希亞（Jean Baudrillard）所謂的超眞實（hyperreaity）。人造色素與甜味取代了原型食物，人工聲光成爲如影隨行又捉摸不定的擬像；而人們以這些虛假爲眞，並不斷消費與再製造。如此瘋狂的金錢浪潮，將超眞實的世界塡漲成一顆顆七彩泡泡。桑德斯嘲笑似地一一戳破，讓我們在滿地氣球碎屑中，徒勞地尋找那個已經如空氣蒸發的眞實。」——林新惠〈當超現實瓦解之後——讀桑德斯〈我的妖嬌孫〉〉

「桑德斯讓讀者意識到這個時代的一切眞的俗不可耐，他知道我們正在忍受，他甚至知道我們承認自己無力改變這一切……我們都是理性的資本主義信仰者，我們知道自己需要什麼，壓低成本就是正義。有那麼一些科幻電影裡的仿生人，用養殖的蛆作爲日常的蛋白質來源——對，我們就是那麼理性。」——李奕樵〈以廉價電視劇的幻術嘲諷整個國家——評喬治．桑德斯《勸誘之邦》〉

「創意天馬行空，深具冷靜說服力……十幾則短篇在陰森與詼諧之間求取巧妙平衡，結尾向至福靠攏。」——《紐約時報》書評

「喬治．桑德斯是諷喻能手，時評常將他與喬治．歐威爾相提並論，甚為貼切，但桑德斯擅長藉品牌廣告揮灑科幻才情，筆鋒傾向無政府主義，風格無人能出其右……。在痛批美國現勢方面，沒有任何作家能超越其雀躍又不忘預言天下大亂的筆法……。桑德斯證明他能以文采平衡諷喻與情緒，有感而發的幻想和野蠻無情的想像力舉世無雙。」——《邁阿密前鋒報》

「荒唐逗趣，先見之明令人拍案叫絕……桑德斯憑最高超的天賦……先構築荒謬諷喻故事的骨架，後在行文裡穿插感懷人性善惡的一刻。」——《波士頓地球報》

「桑德斯的短篇小說是如此的詭異、逗趣、出人意表地感人，令人產生一股異樣的親切感……。〈敦睦科〉是本精選集的棟樑之作，不僅是桑德斯至今最強的作品，更是現代小說少見的驚艷佳作……。桑德斯的筆法攀升到全新境界，稱之為『諷喻作家』似

乎也流於空洞。如同他最得意的其他短篇，〈敦睦科〉也令人讀後瞠目結舌，暗歎奇文，有幸能活在世上拜讀傑作。」——美聯社

「酸中帶甜……桑德斯再度展現犀利、超寫實的視角，狠削媒體充斥的當代人生……。桑德斯透過巧妙的筆法和新穎的情節轉折，刻劃人性在空虛、險惡的行銷文化裡屹立、不屈服。」——《出版人週刊》

大師名作坊 193

勸誘之邦

作　者—喬治．桑德斯
譯　者—宋瑛堂
編　輯—黃子萍
封面設計—賴佳韋
內頁排版—邵麗如
總編輯—嘉世強
董事長—趙政岷
出版者—時報文化出版企業股份有限公司
108019臺北市和平西路三段二四〇號三樓
發行專線—（〇二）二三〇六—六八四二
讀者服務專線—〇八〇〇—二三一—七〇五・（〇二）二三〇四—七一〇三
讀者服務傳真—（〇二）二三〇四—六八五八
郵撥—一九三四四七二四時報文化出版公司
信箱—一〇八九九臺北華江橋郵局第九九信箱
時報悅讀網—http://www.readingtimes.com.tw
電子郵件信箱—liter@readingtimes.com.tw
法律顧問—理律法律事務所　陳長文律師、李念祖律師
印　刷—勁達印刷有限公司
初版一刷—二〇二二年十一月十八日
定　價—新臺幣三八〇元
（缺頁或破損的書，請寄回更換）

時報文化出版公司成立於一九七五年，
並於一九九九年股票上櫃公開發行，於二〇〇八年脫離中時集團非屬旺中，
以「尊重智慧與創意的文化事業」為信念。

勸誘之邦 / 喬治・桑德斯(George Saunders)著 ; 宋瑛堂譯. -- 初版. --
臺北市 : 時報文化出版企業股份有限公司, 2022.11
面 ;　公分. --（大師名作坊 ; 193）
譯自 : *In Persuasion Nation*

ISBN 978-626-335-998-7 (平裝)

874.57　　111015351

ISBN 978-626-335-998-7
Printed in Taiwan